슬픔의 방문

슬픔의 방문

장일호 에세이

낮은산

차례

슬픔의 자리에서
비로소 열리는 가능성

수년 전 어느 밤이었다. 나는 지방 소도시의 모텔 방에서 유서 한 줄 남기지 않고 죽은 이의 SNS를 찾기 위해 골몰하고 있었다. 다른 기자보다 하나라도 더, 조금이라도 더 새로 알게 된 '무엇'이 있어야 했다. 검색깨나 한다고 자부했는데 기이할 정도로 아무런 흔적이 없었다. 사건 조서 속 주민번호를 외워 둔 참이었다. '결국 주민번호를 활용해야 할까'라는 생각을 떠올린 순간 화들짝 키보드에서 손을 뗐다. 기사를 쓰는 대신 계획된 지면을 펑크 냈다. 지금도 그때를 생각하면 마음이 서늘하다. 눈물 쏙 빠지게 혼이 났지만 후회하지 않는다. 어떤 죽음은 물음표로 남겨 둬야 한다고, 여전히 믿는다.

"제가 직접 뭔가를 조사해 보고 나면 덜 무서웠어요." 〈조앤 디디온의 초상〉(2017, 넷플릭스)을 보다가 불현듯 깨달았다. 나 역시 세상이 너무 무서워서, 그만큼 간절하게 궁금하고 이해하고 싶어서 읽고 쓰는 사람이 되었다는 걸. 쓰는 사람은 쓰지 못한 이야기 안을 헤매며 산다. 세상에는 모르고 싶은 일과 모르면 안 되는 일이 너무 많았다. '덜' 중요한 것을 쓰고 싶다는 야심은 자주 실패했다. 직업을 잘못 택했다는 생각이 들어 뒤를 돌아보면, 어느새 너무 멀리 와 있었다. '인정받고 싶다'와 '도망가고 싶다' 사이에서 나는 자주 사라졌다. 나는 내가 쓰는 글이 작고 사소해서 반짝이는 것으로 가득하길 바랐다. 내 일은 그런 사치를 허락하지 않았다. 물음표 대신 마침표를 더 자주 써야 했다.

처음 풍등을 날렸던 날 손끝에 남은 작은 흥분을 기억한다. 대학 시절 참석했던 집회에서였다. 내 몫으로 주어진 작은 풍등 위에 나는 고민하지 않고 '비정규직 없는 세상'이라고 과감하게 써 나갔다. 소원을 싣고 밤하늘을 가로질러 타오르는 풍등을 보며 그런 세상을 위해 글을 쓰고 싶다고 생각했다. 그게 얼마나 큰 꿈이었는지, 그때는 몰랐다.

몇 년 뒤 친구가 계획한 타이완 여행 코스 중에는 '풍등 날리기'가 있었다. 나는 예전처럼 단호하게 펜을 놀리지 못했다. 쓸 말이 너무 많았다. 동시에 아무것도 없었다. 겨우 적은 문장이 '오래도록 좋은 기사를 쓰고 싶다'였다. 그 옆에 'ㅋㅋㅋ'이라고 덧붙였다. 쓰는 동안 눈물이 나서 감추느라 그랬다. 좋은 기사가 뭐라고, 그런데 또 그게 그때나 지금이나 너무 간절하다.

언젠가 책을 내긴 할 거라고 짐작했다. 이런 모양의 책은 아니었다. 탐사 보도나 르포, 아마도 그런 종류일 거라고 생각했다. 그럴 만한 좋은 기사를 아직 쓰지 못해서, 대신 읽었다. 욕심과 허기가 나를 책 앞으로 데려다 놓았다. 읽는 사람은 자유로웠다. 재능 없음을 탓하지 않아도 좋았다. 책장을 펼치면 누적된 지혜가 고스란히 누워 있었다. 행간에 숨기도 하고, 행과 행 사이를 뛰어다니기도 하면서 세상과 몇 번이고 거듭 화해했다. 무언가를 기어코 이해하고자 하는 마음이 곧 사랑이라는 것도 알게 됐다. 읽으면 읽을수록 모르겠는 일이 많아지는 게 좋았다. 경합하는 진실을 따라 나는 기꺼이 변하고, 물들고, 이동하고, 옮겨 갔다.

책에서 취한 살과 뼈에 내 삶의 많은 부분을 마음대로 이어 붙였다. '읽기'는 자주 '일기'가 되었다. 밑줄을 따라 걷다 보니 여기까지 왔다. 나는 도무지 해결되지 않는 질문을 들고 책 앞에 서곤 했다. 삶도, 세계도, 타인도, 나 자신조차도 책에 포개어 읽었다. 책은 내가 들고 온 슬픔이 쉴 자리를 반드시 만들어 주었다. 슬픔의 얼굴은 구체적이었다. "나는 항상 패배자들에 대해서는 마음이 약하다. 환자, 외국인, 반에서 뚱뚱한 남자애, 아무도 춤추자고 하지 않는 사람들. 그런 사람들을 보면 심장이 뛴다. 어떤 면에서는 나도 영원히 그들 중 한 사람이라는 사실을 항상 알고 있기 때문일 것이다."* 나는 아프고 다친 채로도 살아갈 수 있는 세계를 원했다. 고통으로 부서진 자리마다 열리는 가능성을 책 속에서 찾았다. 죽고, 아프고, 다치고, 미친 사람들이 즐비한 책 사이를 헤매며 내 삶의 마디들을 만들어 갔다.

글이 삶을 초과하지 않도록 애썼지만 매번 실패하고 타협했다. 쓸 때의 나는 여기 없다. 이 글들은 나였던 것, 나인 동시에 내가 아닌 것이다. 살아가는 일은 사라지는 일이지만 나는 내 젊음을 부러워하지도 그리워하지도 않는다. 과거의 나는 여기에 두고, 여전히 '처음'인 많은 것들에 매번 새롭게 놀라면서 다음으로 가고 싶다. 행간을 서성이며 배운 것들 덕분에 반드시 지금보다 '더 좋은 사람'이 될 앞으로를 기대한다.

의심 많고 게으른 사람이라 출판을 약속하고도 도망치고, 또 도망치고, 지치지 않고 도망쳤다. 회사에서 출판 업무를 잠깐이나마 담당하면서 책 한 권을 세상에 내놓는 데 얼마나 많은 돈이 드는지 알고 크게 놀랐다. 글에 몸을 만들고 옷을 지어 입히는 일은 대상을 사랑하고 확신하지 않으면 단 한 발짝도 뗄 수 없는 일이라는 것도. 그래서 더욱 피하고 싶었다. 그런 나를 이렇게 잡아 앉힌 강설애 편집자는 이 책의 또 다른 저자다. 출판계의 '빛과 소금'이 되는 것은 나의 영원한 장래희망이다. 책 팔아서 버는 돈이 생긴다면 책 사는 데 쓸 것이다.

2022년 초겨울, 장일호

● 페터 회, 《스밀라의 눈에 대한 감각》, 박현주 옮김, 마음산책, 2005

1부

문장에 얼굴을 묻고

책을 펴자마자 쏟아진 문장 앞에
나는 얼굴을 묻고 울었다.

엄마,
다음 생엔 내 딸로 태어나

아버지는 자살했다. 당신 나이 스물아홉 살에. 여름이
한창인 1988년 초복이었고, 유서 한 장 없는 죽음이었
다. 대체 청산가리는 어디서 어떻게 구한 걸까. 엄마는
아버지가 죽을 이유가 없는 사람이라고 경찰에게 매달
렸다. 경찰은 주검을 발견한 즉시 아내 동의 없는 부검
을 마치고 사건을 하루 만에 종결시켰다.

　출장 간 남편이 시신으로 돌아왔다. 이유를 알 수 없
는 죽음은 애도를 방해한다. 시신의 부패가 심한 탓에

가족들의 만류로 아버지의 마지막 모습을 확인하지 못한 엄마는 살면서 종종 아버지의 모습을 보았다고, 그리고 좇아갔었노라고 어느 날 내게 말했다. "꿈꾼 거 아니야?"라고 힐난하듯 대꾸하자 "아직도 꼭 어디 살아 있을 거 같아"라고 답하던 엄마 목소리엔 물기가 묻어 있었다.

나는 엄마의 은폐 덕분에 아버지의 죽음을 삼십 년 가까이 교통사고로 알고 살았다. "사실은 자살"이라는 말을 처음 들었을 때 살짝 놀랐지만, 아버지의 죽음이 정말 자살이라면, 근사한 측면도 어느 정도 있다고 생각했다.

요절은 한때 나의 꿈이었는데, 나는 죽지 못했다. 요절을 하려면 세상에 뭔가 멋진 글을 남겨야 하는데 그런 글을 쓰지 못했기 때문이었다.(그때는 꽤 진지했다.) 지금 생각해 보면 아버지가 내 꿈을 대신 이뤘다. 내가 요절할까 봐 본인이 죽어 버린 게 분명했다. 아버지는 '멋진 글' 대신 '멋진 나'를 남겼으니까 할 일을 다 했다고 생각해 버린 건 아닐까. 나는 그것이 아버지가 내게 남긴 사랑이라고 제멋대로 생각하기로 했다. 살면서 가끔 필요하고 때로 간절했던 '부정'의 결핍을 나는 그런 식으로 채우곤 했다.

　아버지가 돌아가셨던 그해 나는 다섯 살, 동생은 세 살이었다. 엄마는 고작 스물일곱 살이었다. 나중에 내가 스물일곱이 되었을 때 엄마가 얼마나 어처구니없는 상황에 놓여 있었는지 그제야 실감했다. 나의 스물일곱은 뭐든 허물고 새로 시작해도 하나 이상할 것 없는 가능성의 나이였다. 왜 나를, 동생을 버리지 않았냐고, 따지듯 물었던 날도 있었다. 정말 궁금했다. 한 사람의 삶이 이렇게 아무렇지 않게 희생되어도 좋은지.
　나는 여전히 궁금하다. 엄마의 스물일곱을 내가 방해하고 어쩌면 훼손했다는 생각이 들 때면 견디기 힘들었다. 엄마이기 이전에 '한 여자'의 삶을 그제야 제대로 볼 수 있었으나, 엄마에게는 그저 비난으로 들렸을 말을 참 잘도 지껄였다. 자라는 동안 나는 송곳 같은 자식이었다. 후벼 파기가 전공이었다. "다른 집에는 다 있는 아빠가 우리 집에는 왜 없어"라고 발버둥 치며 울던 여덟 살 때부터 나는 볼썽사나운 자식이었다.

"네가 이런 글을 썼으면 좋겠다."
　내게 ≪달려라, 아비≫를 선물한 어른은 대학 시절 아르바이트 하던 신문사의 기자이자 등단한 시인이었다. 나는 책 제목을 흘낏 보곤 '아비'가 '하니'처럼 씩씩하고 특이한 이름이라고 생각했다. 아비가 아버지를 뜻하는 말인 줄이야. 책을 펴고 홀린 듯 읽어 나가면서 김애란의 문장과 행간에서 일종의 연대를 느꼈다. 내 아버지도 지구 어디쯤에서, 지구가 아니라면 외계 어딘가에 살아 있을 거라고, 살아만 있었으면 좋겠다고 늘 생각해 왔으니까. 그러면 우리도 언젠가 유리벽을 사이에 두고라도 '사랑의 인사'를 나눌 수 있을 테니까. 서로의 부재 속에서도 나름대로 썩 잘 살고 있음을 그렇게 확인할 수도 있는 거니까.

　　내겐 아버지가 없다. 하지만 여기 없다는 것뿐이다. 아버지는 계속 뛰고 계신다. 나는 분홍색 야광 반바지 차림의 아버지가 지금 막 후꾸오까를 지나고, 보루네오섬을 거쳐, 그리니치 천문대를 향해 달려가고 있는 모습을 본다. 나는 아버지가 지금 막 스핑크스의 왼쪽 발등을 돌아, 엠파이어스테이트빌딩의 백십 번째 화장실에 들러, 이베리아 반도의 과다라마산맥을 넘고 있는 모습을 본다.*

　책을 덮은 뒤 아버지가 그저 '여기' 없을 뿐이라고 생각하니 삶이 한결 가벼워졌다. 달리는 아버지 모습을 상상하자 기분마저 좋아졌다. 학창시절로 돌아가 다시 가정환경 조사서를 쓰게 된다면 아버지 직업란에 '마라토너'라고 적고 싶을 정도로. 제 부모에 대해 거리낌 없이 말하는 친구들을 볼 때마다 속 어딘가 서걱서걱 긁

히던 나였다. 아버지의 '없음'을 나는 〈달려라, 아비〉를 통해서야 비로소 긍정하고 극복했다.

김애란이라는 작가를 소개한 어른은 내게 '김애란 같은 글을 쓰는 사람'이 되라고 했지만, 나는 '김애란 을 만나서 글을 쓰는 사람'이 되었다. 문화팀 발령 이후 첫 인터뷰를 맡게 됐을 때였다. 그는 연재 중이던 장편소설(≪두근두근 내 인생≫)이 출간되고 나면 만나 자고 몇 차례 고사했지만, 나는 그 전에 꼭 만나고 싶 다고 졸랐다. 그의 글을 만난 이후 내 삶이 그에게 빚 진 부분이 많았으므로.

나를 〈시사IN〉기자로 꼭 뽑겠다고 고집한 당시 편 집국장이 '좋았다'고 했던 자기소개서 역시 그의 문장 에 빚졌다. 나는 김애란의 단편 〈영원한 화자〉의 문장 을 인용해서 자기소개서를 썼다. "나는 아무것도 아닌 사람, 나는 내가 정말 아무것도 아닐까 봐 무릎이 떨리 는 사람이다. 나는 당신에게 잘 보이고 싶은 사람. 그 러나 내가 가장 잘 보이고 싶은 사람은 결국 나라는 것을 알고 있는 사람이다."• 최종 면접을 보고 온 날, 밤새 뒤척이며 또 김애란의 문장을 생각했다. "그리하여 절실함은 언제나 내게 이상한 수치심을 주었다"(〈종이물고기〉)• 라던. 김애란이 그 문장을 떠올렸던 날도 입학 면접 날이었다고 했다.

아버지의 부재와 마찬가지로 엄마의 '있음' 역시 나는 김애란의 소설을 통해 극복했다. 나는 엄마가 김애란 소설 속 '모'처럼 단단한 사람이면 좋겠다고 생각했다. 그러다 그냥 또 다른 엄마를 발명하면 어떨까 싶었다. 어떤 아이에게는 '두 명의 엄마'가 필요한 법이다. 엄마를 내가 선택할 수 없었으므로, 나는 실재하는 엄마의 빈 부분을 메워 줄 가상의 엄마가 필요했다. 〈달려라, 아비〉나 〈칼자국〉 속의 엄마 같은.

어머니는 농담으로 나를 키웠다. (……) 어머니가 내게 물려준 가장 큰 유산은 자신을 연민하지 않는 법이었다. 어머니는 내게 미안해하지도, 나를

가여워하지도 않았다. 그래서 나는 어머니가 고
마웠다. 나는 알고 있었다. 내게 '괜찮냐'고 물어보
는 사람들이 정말로 물어오는 것은 자신의 안부라
는 것을. 어머니와 나는 구원도 이해도 아니나 입
석표처럼 당당한 관계였다. ●

엄마가 나를 가여워하지 않기를 바랐지만 엄마는 늘
나를 불쌍하게 여겼다. 자기 처지를 연민했고, 자기 새
끼를 연민했다. 그래서 우리는 당당한 관계가 될 수 없
었던 걸까. 나는 많은 시간 엄마에게 '물리적으로' 빚
진 기분으로 살았다. 차라리 소설 속 '어미'처럼 술 마
시고, 담배 피우고, 욕도 잘하는, 자기 욕망에 충실한
사람이면 좋았을 텐데. 하지만 그런 엄마는 소설 속에
이미 있었으므로, 나는 그저 나의 '두 번째 엄마'로 그
를 취하기만 하면 됐다.
    엄마는 〈칼자국〉 속 어미와 비슷한 구석이 많은 사
람이었다. "나는 내가 진정으로 배곯아 본 경험이 없

다는 사실을 깨닫고 어리둥절해진 적이 있다. 궁핍 혹은 넉넉함을 떠나, 말 그대로 누군가의 순수한 허기, 순수한 식욕을 다른 누군가가 수십 년간 감당해 왔다는 사실이 이상하고 놀라웠던 까닭이다."•• 그 문장에 밑줄을 그으며 평생 칼자루를 잡은 손으로 생계를 이어 갔던 한 여자를 다시 바라볼 수 있게 됐다.

　나의 엄마, 송명희 씨. 주민등록상으로는 1961년생이지만, 실제로는 1960년에 태어난 사람. 할아버지는 엄마가 태어나기 한 해 전 죽어 버린 그 아이처럼, 엄마도 죽을 거라고 생각했다. 몸이 약한 아이의 출생 신고를 늦게 하는 일은 당시 무척 흔한 일이었다. 그렇게 '살아남아' 3녀1남의 둘째딸이 된 여자. 어느 가을, 할머니가 시장에서 콩 팔아 와 새 신을 사 주겠다고 약속하고 장에 갔던 날을 엄마는 지금도 생생하게 기억한다. 콩 판 돈이 세 켤레만큼의 신발밖에 살 수 없었을 때 할머니는 선택을 해야 했다. 장녀는 장녀라서, 막내

딸은 막내라서, 아들은 아들이라서 새 신을 신을 수 있었지만 엄마는 둘째라서 새 신을 신을 수 없었다.

　나는 늘 엄마에게 이름을 찾아 주고 싶었다. 장일호와 장명호의 엄마가 아닌 한 사람. 고3 여름, 취업이 결정되고 폴더형 휴대전화를 처음 가졌을 때 나는 휴대전화에 엄마 번호를 입력하면서 '엄마' 대신 '송명희'라고 적어 넣었다. 아버지가 사랑을 담아 가만히 발음했을 그 이름을. 나는 많은 시간 송명희 씨가 여자로 살길 바랐지만, 그녀의 사랑은 번번이 실패했다. 엄마는 자신이 평생에 걸쳐 받을 사랑을 아버지와 함께 사는 5년 동안 모두 받았노라고 말하곤 했다. 그 말은 내 생각엔 앞뒤가 맞지 않았다. 아버지가 동네 모르는 다방 아가씨가 없는 남자였다는 흉을 엄마 입으로 종종 하곤 했기 때문이다. 그러나 엄마는 되도록 좋은 기억만을 파먹으며 살기 위해 노력하는 사람이었다.

　경력도 되지 않고 몸만 축나는 식당 일을 업으로 삼아 온 사람. 자기 식당 하나 갖는 게 소원이지만, 평생

이루지 못한 꿈. 그래도 엄마는 자기 일을 좋아했다. 자신이 만든 음식이 빈 그릇으로 돌아오는 경험이 얼마나 황홀한지에 대해서 말할 줄 아는 사람이었다. 나는 그 말을 들은 이후로 식당에 가서 웬만하면 밥을 남기지 않는다. 치아 교정을 시작했을 때 종종 음식을 남겨야 하면 음식이 정말 맛있지만 제가 지금 교정 중이라서 남기는 거라고 굳이 해명을 하고 돌아서곤 했다.

엄마가 싫어하는 것 중 하나는 내가 출근하면서 "간다"라고 말하는 인사다. "갔다 올게, 아니다. '다녀오겠습니다'라고 해 봐." 시간에 쫓겨 인사 없이 훌렁 나가는 일이 다반사지만, 아침에 이렇게 한마디씩 나눌 여유가 있으면 새삼 깨닫곤 한다. 집 나선 가족이 돌아오지 않는 일이 엄마에게는 평생의 상처라는 걸. 삼십 년 넘는 세월이 지나도 희미해지지 않는 흉터가, 엄마에게는 아버지라는 걸. 그래서일까. 엄마는 내가 긴 출장이나 여행을 가기 전에는 밥을 잘 차려 주지 않았다. 엄마가 차렸던 아버지의 생전 마지막 식사가 출장 날

아침이었던 탓이다. 마찬가지로 그날 아침 밥상에 올렸던 고등어자반 역시 졸라야만 해 주는 음식이다.

내 결혼식에 입을 엄마 옷을 사러 갔던 날이었다. 한복을 고집하던 엄마는 끝내 나에게 졌지만, 마땅히 입을 만한 옷이 없었다. 그날, 엄마는 자신의 인생에서 가장 비싼 옷을 샀다. 한때는 시다였고 그보다 오랜 시간 주방 찬모였던 엄마에게 원피스가 그렇게 잘 어울릴 줄은 미처 몰랐다. 엄마는 내게 이렇게 말했다. "다시 태어나면 대학도 다니고 대학원도 다니고 유학도 가야지." 나는 이렇게 답했다. "그래, 엄마. 그때는 내 딸로 태어나. 내가 엄마 하고 싶은 공부 다 시켜 줄게."

엄마는 시골 동네에서도 공부 잘하는 걸로 이름나 등록금을 대 준다는 사람까지 있었음에도 중학교를 채 마치지 못했다. 할아버지의 자존심 때문이었고, '계집'이었기 때문이었다. 유일한 아들인 삼촌이 춘천으로 유학을 갔을 때 엄마도 함께 춘천으로 갔다. 밥을 해 줄 사람이 있어야 했기 때문이다. 영어로 쓰인 간판을 읽고 싶다며 엄마가 영어공책을 사 왔던 날, 대문자와 소문자를 차례대로 적어 준 뒤 많이 울었다. 어디 우리 엄마뿐일까. 수많은 '엄마들'이 여자라는 이유로 박탈 당한 기회를 생각한다. 나중에 사회에 나와서 엄마 또 래의 교수나 전문직 여성을 만날 때면 늘 처음처럼 신 기했다. 자라는 동안 주변에서 그런 직업의 사람을 본 적 없는 탓이었다.

자신이 경험한 세계 바깥을 상상해 보지 못한 채 좁 아진 엄마의 삶은 직접적으로 딸에게도 영향을 미쳤 다. "남편이 벌어 오는 돈으로 살림만 하고 살면 얼마 나 좋아." 그런 엄마를 조롱하며 싸웠지만, 엄마 삶에 서 가장 행복했던 순간이 '주부'로 살 때였고, 그래서 딸이 행복하길 바라는 마음이 그 말에 담겼음을 뒤늦 게 헤아리고 한참을 후회했다. 할 수 있다면 지금이라 도 엄마에게 더 좋은 삶을 선물하고 싶다. 다만 현실의 엄마와 나는 당장 생활의 구멍을 메우는 일에 골몰할 수밖에 없으므로, 하릴없이 '다음 생'을 약속할 뿐이다. 다음 생에선 내가 엄마의 엄마가 되겠노라고.

결혼을 한 지금도 자정 넘어 귀가 중일 때, 엄마의 전화가 없으면 괜히 서운하다. 기껏해야 20여 초, 짧은 통화마저도 가끔은 귀찮지만 실은 그보다 많이 안심이 된다. 엄마는 늘 나를 기다려 주는 사람이다. 엄마가 앞으로도 오래오래 나를 기다려 줬으면 좋겠다. 엄마도 모르는 사이 나는 엄마와 싸우고, 화해하고, 또 다른 엄마를 만들어 내기도 했으므로. 내 몸을 만든 엄마의 무수한 칼자국 덕분에 나 역시 '가슴이 아프다'라는 말을 물리적으로 아는 사람이 되었다.

씹고, 삼키고, 우물거리는 동안 내 창자와 내 간, 심장과 콩팥은 무럭무럭 자라났다. 나는 어머니가 해주는 음식과 함께 그 재료에 난 칼자국도 함께 삼켰다. 어두운 내 몸속에는 실로 무수한 칼자국이 새겨져 있다. 그것은 혈관을 타고 다니며 나를 건드린다. 내게 어미가 아픈 것은 그 때문이다. 기관들이 다 아는 것이다. 나는 '가슴이 아프다'라는 말을 물리적으로 이해한다. **

* 김애란, 《달려라, 아비》, 창비, 2005
** 김애란, 《이효석 문학상 수상작품집−제9회 수상작 '칼자국'》, 해토, 2008

꽃을 밟지 않으려
뒷걸음치던 너와

주선자가 적극적으로 나서지 않는 소개팅이었다. 당사자들 역시 느긋했다. 그는 지방 도시에서 일했다. 주말마다 서울에 왔다. 나는 일이 없는 날이면 집에서 한발짝도 나가지 않았다. 주말은 평일의 과로를 버틸 수 있는 유일한 숨구멍이었다. 만나는 날짜를 잡기 어려웠다. 가끔 메시지가 오갔다.

시간을 끄는 사이 크리스마스가 다가왔다. 일명 '럭키박스'를 제안한 쪽은 나였다. 우편으로 서로에게 선물하고 싶은 책을 보내자고 했다. 독서 안목과 취향을 확인하고 싶었다. 출신 학교, 나이, 사는 곳, 직업 따위는 내게 어떤 사람에 대한 주요 정보가 되지 못했다. 한 사람의 독서 목록이야말로 그 사람에 대한 가장 많은 정보를 담고 있다고 믿는다. 게다가 '책 선물'은 무척 까다로운 일이다. 내게 보여 주고 싶은 자신의 모습이 선물로 보낼 책 목록 안에 일정 부분 담기게 되리라 여겼다. 물론 그 말을 입 밖으로 꺼내진 않았다.

그는 재미있는 제안이라며 흔쾌히 응했다. "이미 갖고 계신 책을 잘 피해서 보내 드려야 할 텐데요." "이미 갖고 있거나 읽은 책이라면 또 그런대로 재미가 있을 것 같네요. 각자 취향대로 골라요." 우리는 얼굴을 마주하기 전 서로가 보낸 책으로 먼저 만났다. 2013년 크리스마스를 이틀 앞두고 그가 보낸 상자 안에는 세 권의 책이 들어 있었다. 《나는 천천히 울기 시작했다》(봄날의책), 《평등해야 건강하다》(후마니타스), 《연필 깎기의 정석》(프로파간다). 이미 갖고 있던 책이 한 권 있었지만, 고심의 흔적이 엿보이는 나쁘지 않은 구성이었다. 나는 《사당동 더하기 25》(또하나의문화), 《염소의 맛》(미메시스), 《발전은 영원할 것이라는 환상》(봄날의책), 《다정한 호칭》(문학동네)을 보내 둔 터였다.

서로에게 감사를 표하고, 새해 인사를 주고받았다. 한동안 연락이 없었다. 그러려니, 했다. 새로운 사람을 만나는 일은 피곤한 일이다. 기자로 일하면서 오랜 친구들과 소원해졌다. 마지막 애인은 내게 "너는 내가 없어도 상관없는 사람이라는 생각이 들게 만든다"라는 말을 남기고 떠났다. 동의할 수밖에 없었다. 심심하고 평화로운 이별이었다. 취재원은 일이 끝나면 적당히 흘려보내야 일상을 유지할 수 있다는 걸 깨달았다. 하물며 소개팅 상대라니. 생각만으로도 하품이 났다. 나는 그를 잊었다.

다시 연락이 온 건 4개월 뒤였다. 연극 티켓이 생겼다고 했다. 한유주의 소설집 《나의 왼손은 왕, 오른손은 왕의 필경사》에 실린 단편 〈자연사 박물관〉을 낭독 연극으로 만든 작품이었다. 만사가 귀찮아서 만나자는 말을 듣고도 시큰둥했던 나는 관련 메시지가 오가는 동안 자세를 조금 고쳐 앉았고, 저녁에는 책을 사서 집에 돌아왔다. 만남에 대한 기대보다는 몰랐던 책을 새로 알게 된 기쁨과 함께였다.

나는 언젠가부터 타인의 죽음으로 나이를 세기 시작했는데, 그래, 나를 제외한 많은 사람들이 죽었지. 그럼에도 불구하고 다른 많은 사람들은 죽지 않았고, 죽지 않았으므로 입도 살아 있었고, 그건 나도 마찬가지였으므로, 산 입에 거미줄을 치지 않으려고, 혹은 입에 풀칠하려고, 죽은 사람들의 죽음을 반복적으로 기록하고, 산 사람들의 죽음을 예감하는 것이, 살아 있는 나에게 주어진, 온전한, 의무라고 생각했는데.*

책을 펴자마자 쏟아진 문장 앞에 나는 얼굴을 묻고 울었다. 우리 모두는 당시 4월 16일을 통과하고 있었다. 단편은 2010년 발표된 작품으로 세월호 참사와 관련이 없었지만, 나는 저 문장 앞에서 세월호 이외에 아무것도 떠올릴 수 없었다. 그즈음 나는 꿈속에서 자주 바다를 보곤 했다. 물속에 가라앉아 배의 철판을 뜯어내려고 애쓰던 어느 밤에는 엄마가 깨우고서야 꿈인 줄 알았다. 눈을 뜨고도 손끝이 한참 아렸다. 나흘 뒤인 4월 20일, 우리는 연극이 끝나고서야 제대로 처음 마주 앉았다. 세월호 이야기를 하염없이 나눴다. 그 수치스러운 봄을 함께 견디고, 또 한 해를 견디며 앞으로의 수많은 밤을 약속하게 될 줄 그때는 몰랐다.

청혼은 내 쪽이 먼저였다. 카페에서 레고 블록을 맞추고 있던 그에게 "결혼하자"고 말했다. 돌이켜보면 '충동'에 가까운 말이었다. 그는 승낙의 말 대신 "잘 생각해"라고 답했다. 그 말이야말로 내가 원하는 답이었다. 나는 결혼을 인생의 목적이나 목표로 생각해 본 적이 한번도 없었다. 비혼이야말로 나를 지키며 사는 방법이라고 생각했다. 일정 부분 여전히 그렇게 믿는다. 그 역시 마찬가지였다. 다만 '지금' 같이 놀고 싶은 친구를 만났고, 같이 놀면 재밌는 사람을 만났으니 함께 살고 싶다고 생각한 건 자연스러운 순서였다. 우리는 서로가 느끼는 감정이 같을 수 없는 한계에 대해 많은 이야기를 나누었다. 가치관 우선순위를 체크하는 테스트를 했을 때 우리는 둘 다 최우선 순위로 '나'를 꼽았다. 자신을 사랑할 줄 모르는 사람이 누군가를 돌보고 아낀다는 건 불가능하다는 점에서 나는 우리의 건강함이 마음에 들었다. 며칠에 걸쳐 정말 '잘' 생각한 끝에 나는 그에게도 청혼을 요구했다. "《행복한 질문》이라는 그림책을 나에게 선물해. 청혼 대신 받아 줄게."

《행복한 질문》의 주인공은 개 부부다. 아내 개의 질문은 엉뚱하고 사소하다. 이를테면 이런 질문. "있잖아, 만약에 아침에 일어나 보니까 내가 시커먼 곰으로 변한 거야. 그럼 당신은 어떻게 할 거야?" 남편 개는 타박하거나 당황하거나 머뭇거리는 대신 이렇게 답한다. "그야 깜짝 놀라겠지. 그리고 애원하지 않을까? '나를 잡아먹지 말아 줘.' 그런 다음 아침밥으로 뭘 먹고 싶은지 물어볼 것 같아. 당연히 꿀이 좋겠지?"••

　　나는 사랑을 '어떤 태도'라고 생각하는데, '그래도' '그럼에도 불구하고' 사랑하려는 노력이 관계를 지킨다고 믿기 때문이다. 그 어떤 맹세보다 중요한 사랑의 태도가 짧은 그림책 안에 깊고 빼곡하다. 책을 펼치면 아무런 글자 없이 개 부부가 길가의 꽃을 밟지 않으려고 애쓰는 장면이 나온다. 내가 온라인상에서 주로 쓰는 이름은 '둥글게'이다. 많은 사람이 동요 제목으로 착각하지만, 이상은의 노래 제목이다.

　　　꽃을 밟지 않으려 뒷걸음을 치던 너와 부딪혔어
　　　함께 웃음이 나왔어

하늘이 투명해서 너도 빛났지

−이상은 작사 · 작곡, 〈둥글게〉, 2005

가사를 처음 접했던 날, 나는 그런 사람이 되고 싶었다. 이내 그 가사 같은 사람을 만나고 싶었다. 그리고 내 맞은편에 바로 그 사람이 있었다.

* 　한유주, 《나의 왼손은 왕, 오른손은 왕의 필경사》, 문학과지성사, 2011
** 　오나리 유코, 《행복한 질문》, 김미대 옮김, 북극곰, 2014

술병 뒤에
숨는 마음

"술 좋아하십니까"라는 질문을 받으면 언제나 약간의 막막함을 느낀다. 성인이 되어 술을 경험한 이래 나는 술 앞에서 단 한 번도 호오를 따져 보지 않았다. 불성실로 점철된 내 인생에서 평생에 걸쳐 가장 꾸준하게 해 오고 있는 드문 일 중 하나가 음주다. 몇 년 전 후배가 물었다. "선배는 술, 담배, 커피, 고기 중에 하나만 끊어야 한다면 뭘 끊을 거야?" 질문이 채 끝나기도 전에 단호하게 답했다. "목숨." 나는 나의 순발력에 감탄했다. 진심은 언제나 이처럼 생각지 않았던 방식으로 불쑥 고개를 내미는 법이다.

왜 그렇게까지 술을 마시느냐고 묻는다면 역시 최선의 이유는 '세상 탓'일 테다. "설명하기 어렵군요. 하지만 굳이 이유를 대자면, 제가 이렇게까지 술을 마시는 것은, 이 빌어먹을 세계 때문이죠." • 지난 13년간 매년 주간지 50권을 만들었고, 퇴근 후에는 빠짐없이 술을 들이켰다. 일과 세상에 대한 푸념을 안주 삼아 마시는 동안 긴장이 풀리고 안도가 몰려왔다. 물론 더 많은 날을 자괴감과 더불어 폭음을 일삼았다. 어쨌든 무사히 한 주가 지나갔고, 나는 아무튼 마감을 했으며, 그러니까 마실 '자격'이 있었다.

사실 명분은 만들기 나름이었다. 취재나 마감이 뜻대로 안 될 때는 그 핑계로 마시는 법이다. 《드링킹》의 저자 캐롤라인 냅 역시 술병 뒤에 숨곤 하는 기자였다.

우리 앞에 둘러쳐진 지성과 전문성의 휘장 뒤에는

두려움의 대양이 넘실거리고, 열등감의 강물이 흐른다. 마음속에는 항상 보기 싫은 것들의 목록이 길게 펼쳐져 있었다. 나는 그렇게 유약했고, 사람들의 반응에 과민했으며(남들에게 오해를 받으면 내 영혼의 일부가 허물어지기라도 하는 것처럼), 근원적인 열등감, 외로움과 두려움에 빠져 있었다. 우리는 온종일 전문성의 가면 뒤에 숨어 지낸다. 그리고 일터를 떠나서는 다시 술병 뒤로 숨는다.**

그는 일상과 책 속에서 내가 만나고 있거나 만났던 '멋진' '훌륭한' 기자와는 거리가 있었다. 나처럼 모르는 사람과 통화하는 걸 어려워했다. 기자인데도! 그래서 취재원과 술을 마셨다. 아무렴, 역시 어색할 땐 술이 최고지! 저자가 자신의 알코올의존증 경험을 써 내려간 이 책에 나는 수없이 밑줄을 그었다. 끝내 알코올의존증이 '질병'이라는 책의 주제에는 동의하지 않았지만 말이다. 저자처럼 '아직' 누군가를 술 때문에 위험에 빠뜨려 본 적 없는 나는 여전히 이 책의 첫 문장을 자주 곱씹는다. "I DRINK."

술 가운데서도 맥주는 내게 365일 '제철 음식'이다. 식사 메뉴를 놓고 고뇌의 시간이 찾아오면 일단 맥주부터 주문해 한 잔 마셨다. 알코올이 빈속을 통과하는 동안 '오늘의 메뉴'가 자연스레 떠올랐다. 내가 거절하지 못하는 말은 "맥주 한잔하자"이며, 당연히 한 잔은 한 잔으로 끝나지 않는다. "충분하다니? 알코올의존증 환자에게 그것은 생경한 미지의 언어다. 충분히 마시는 일이란 없다."••

누군가 건강을 이유로 술을 끊겠다고 하면 그렇게 서운했다. 나이 먹을수록 그런 사람은 하나둘 늘어만 갔다. 외로운 나는 캐롤라인 냅처럼 혼잣말을 하곤 했다. "별 웃기는 유행 다 보겠네. 이게 도대체 무슨 재미야?"•• 그럴 때면 이상한 다짐을 하곤 했다. 어차피 한번은 죽으니까 좋아하는 술 담배라도 마음껏 하자고. 내 인생에 내 마음대로 할 수 있는 건 고작 이 정도라는 생각이 들었다.

　이렇게 살다 보면 자연스럽게 '나만의 술집'이 생긴
다. 술꾼은 알아본다, 나와 어울리는 공간을. 그래서
어떤 지역은 동네 이름보다 '○○이 있는 곳'으로 기억
한다. 눈치챘겠지만 ○○은 술집 이름이다. 드물지만
그런 술집 중에는 출입문 열쇠 놓는 자리까지 아는 경
우도 있다. 주인이 아직 출근하지 않은 가게에 문 따고
들어가 맥주를 꺼내 마시다가 태연스레 손님을 대신
받아 주기도 한다.

　하루 종일 굶었던 몇 해 전 생일에도 나는 술집으로
퇴근했다. 취재가 끝난 지역에 마침 단골 술집이 있었
다. 밤 10시가 가까워 씩씩대며 혼자 들어서자 사장이
기다렸다는 듯 김밥 한 줄을 건넸다. 언제 누가 어떻게
올지 몰라 김밥을 구비해 두는 단골집이란 얼마나 귀한
가. 김밥을 허겁지겁 먹는 나를 보다 못한 주인이 이내
주방으로 들어갔다. 메뉴판에도 없던 아보카도 샐러드

를 '선물'이랍시고 들고나왔다. 혼자 마시려고 시켰던 와인 한 병을 그와 사이좋게 나눠 마셨음은 물론이다.

서울 계동의 '카페 공드리'도 그런 술집 중 한 곳이었다. 사무실에서 멀지 않았고 무엇보다 낮술을 팔았다. 공드리를 알게 된 이래, 나는 낮이고 밤이고 그곳에 드나들었다. 공드리로 취재원이며 친구를 불러들였다. 내 친구라면 공드리를 모를 수 없었다. 오전 시간에 조용하게 인터뷰할 장소가 필요해도 공드리에 갔다. 영업시간 전에 문을 열어 달라는 부탁을 사장 부부는 단 한번도 거절하지 않았다. 책과 마주 앉아 맥주를 홀짝거리고 있을 때면 사장이 무심히 자기 몫의 맥주를 들고 내 앞에 앉곤 했다. 밥때가 되면 슬쩍 메뉴에도 없던 간단한 식사를 마련해 주거나, 메뉴판에 올리기 전 새 메뉴를 맛보여 주는 날도 있었다. 영화계에 몸담았던 사장 부부와 '요즘 영화' 이야기를 나누는 재미도 쏠쏠했다. 셋이 친했던 우리는 내게 애인이 생기면서 넷이 친한 사이가 되었다. "감정을 그렇게 다루는 사람

43

들, 속마음을 줄줄 흘리면서 통찰이니 분석적 사고니 하는 것들을 비웃어 주는 사람들 틈에 앉아 있는 게 좋았다. 나는 술을 마시고 그런 사람이 되는 게 좋았다. 세상이 아주 단순한 것들로 환원되는 순간이 좋았다."••

　애인과 함께 살기로 결정했을 때, 우리는 '결혼'을 둘러싼 거의 모든 절차를 생략하기로 했다. 우리에게 결혼은 집안의 일이 아닌 '두 사람의 일'이었고, 가족의 허락은 필요치 않았다. 예식이 없으니 청첩장도 찍지 않았고, 드레스도 입지 않았다. 결혼 절차 중 우리가 유일하게 합의한 건 '좋아하는 사람들과 맛있는 걸 함께 먹는다'였다. 물론 맛있는 건 술이었다. 자주 얼굴을 마주하고 삶을 나누는 이들과 충분한 시간을 보내고 싶었다. 공드리 사장님들은 주말 하루 가게를 대관해 달라는 우리의 제안을 당연하다는 듯 흔쾌히 받아 줬다. 자연스럽게 결혼 날짜도 공드리가 대관 가능한 날로 정해졌다. 양가에 이 사실을 통보했고, 가족은 일절 초대하지 않았다. 엄마의 성화에 못 이겨 그보다 앞서 치른 가족식에서는 '일가친척이라 해도 나와 애인이 모르는 사람은 단 한 명도 오지 않는다'는 조건이 붙었다. 공드리에서 열렸던 '진짜 결혼식'은 오전 10시부터 새벽 4시가 넘도록 이어졌고, 마지막에는 가장 친한 친구들과 함께 공드리 사장님이 남았다.

그로부터 얼마 후 사장님으로부터 메시지가 한 통 왔다. "일호, 안 자면 전화해 줘." 무슨 일인가 싶어 퍼뜩 연결했다. 가게 SNS 계정에 올리기 전에 '단독'을 주겠다는 우스갯소리로 이야기가 시작됐다. 가게가 좋은 사람에게 팔렸다는 이야기, 제주에 새 공드리를 열 거라는 계획, 올해 결혼기념일에는 제주로 오라는 초대까지 단숨에 이어졌다.

카페 공드리의 9년은 내가 지나온 9년이기도 했다. 공드리의 맥주가 모나고 상처 난 마음을 동글동글 뭉툭하게 만들어 줬다. "그러니까 누군가에게 술은 제2

의 따옴표다. 술로만 열리는 마음과 말들이 따로 있다. 바닥에 떨어뜨렸을 때 뾰족한 연필심은 뚝 부러져 나가거나 깨어지지만, 뭉툭한 연필심은 끄떡없듯이, 같이 뭉툭해졌을 때에서야 허심탄회하게 나눌 수 있는 말들이 있다."⁛ 이제 그 말들을 나누려면 460km를 날아가야 한다. 오늘은 그 이유로, 술을 마셨다.

⁛ 손보미,《그들에게 린디합을》, 문학동네, 2013
⁛⁛ 캐럴라인 냅,《드링킹》, 고정아 옮김, 나무처럼, 2009
⁛ 김혼비,《아무튼, 술》, 제철소, 2019

이쁘다고 말해 주고 싶다,
너에게

그해 여름은 비가 지독했다. 장맛비가 자주 방으로 밀고 들어왔다. 축축한 등이 먼저 알았다. 그럴 때면 책상 위로 올라가 쪼그려 앉곤 했다. 물이 차오르는 모양을, 빨간 쓰레받기를 들고 물을 걷어 내는 엄마를 하릴없이 바라보았다. 언제나 물이 이겼고, 나 대신 책이 울었다. 비가 그치면 물에 불어 망가진 책을 추려 쓸모를 구분했다. 이제는 다시 구할 수 없는 유년의 책들은 그런 식으로 수장되었다. 다음 날에는 학교에 가지 않았다. 아니다, 가지 못했다. 문에서 세 계단, 다시 두

계단을 딛고 오르면 공기가 달랐다. 햇볕의 틈을 찾아 젖은 책을 널어놓으며 신에게 빌었다. '2층으로 이사 가게 해 주세요.'

중학교 3학년으로 올라가던 해, 일찌감치 상업계고 진학을 마음먹었다. 나는 지하에 살고 싶지 않았다. 나는 가난이 지겨웠다. 진학 서류를 요청했을 때 담임선생님은 다시 생각해 보라고 했다. 엄마에게는 합격하고서야 알렸다. 아무 말이 없었다. '내 선택'이라고 믿고 싶어 했던 것 같다. 나도 그렇게 믿으려고 했다. 좀체 나아지지 않는 형편의 이유가 온전히 우리에게만 있는 거라면, 더 '열심히' 살면 된다고 생각했다. 노력하면 돈을 벌 수 있고, 그러면 이 수렁을 벗어날 수 있다고 믿었다. 믿지 않고서는 건널 수 없는 시간이었다.

편모 가정인 것, 사글세 지하에 사는 그런 것들. 중학교에서는 매우 소수의 친구에게나 겨우 나눌 수 있는 비밀이었다. 그러나 아무리 노력해도 가난은 감춰

지지 않았다. 나는 때때로 친구들 사이에서 배제됐다. 고등학교에서는 달랐다. 나는 그곳에서 내 불행과 가난이 아무것도 아니라는 걸 알았다. 때로는 아버지가 없다는 게 '자랑'이 될 수 있다는 것도.

서울 각지에서 이 학교로 모여든 아이들은 대개 고단한 얼굴을 하고 있었다. 내가 가출한 남동생을 찾기 위해 조퇴하는 날이면 정임은 아버지에게 두드려 맞은 몸으로 뒤늦게 등교했다. 학칙은 아르바이트를 금지하고 있었지만 소영은 매일 하교 후 신림동 순대타운에서 불판을 닦았다. 근무 중 왼손 손가락 대부분이 잘린 세진의 아버지는 직업병을 앓았고, 동생이 셋이나 있는 윤주의 엄마는 알코올의존증 환자였다. 우리는 우리의 구만리 같다는 앞길이 너무 캄캄해서 겁이 났다.

그런 우리에게도 '고3' 시절이 있었다. 80%에 가까운 또래들이 수능 준비에 열을 올리는 동안, 20% 안에 속한 우리는 반을 합치고 밥을 합쳤다. 이미 많은 친구들이 취업으로 빠져나간 자리를 다른 반의 취업되

49

지 않은 아이들이 와서 채웠다. 3학년 2학기 수업은 제대로 진행되지 않았다. 우리는 라디에이터 주변에 옹기종기 모여 앉아 각자의 이력서와 자기소개서를 검토하며 낄낄댔다. "컵에 물이 반이 차 있다고 해 봐. 그럼 물이 반'만' 남은 게 아니라, 반'이나' 남았다고 생각하는 긍정적인 사람이라는 걸 어필해야 해." 서류 통과자 지선의 꿀팁에 한껏 진지했다. 점심시간이 다가오면 각자 준비해 온 재료로 비빔밥을 해 먹었다. 매일 먹어도 매일 맛있었다. 관악산 자락의 학교는 너무 추웠고, 뭐라도 끓여 먹을까 싶어 연재가 집에서부터 들고 온 휴대용 가스버너는 압수당했다.(선생은 소리쳤다. "학교를 불태울 작정이야?") 첫 월급을 받기 시작한 친구들은 있는 돈 없는 돈을 아껴야 한 학기에 한 번이나 갈 수 있었던 봉천사거리 피자벨에서 한턱 쐈다. 제 회사가 있는 강남역 인근으로 우리를 부르기도 했다. 우리는 그렇게 '다른' 고3이었다. 11월이 되자 온갖 방송 매체에, 길거리에 수능 특수가 나부꼈다. '나도 고3인데……' 이유 없이 억울했다. "몇 학번이세요?"를 인사로 묻는 사회에는 내 자리가 없었다. 수능 전날, 우리는 우리가 보지도 않을 수능시험을 대비해 책상 대열을 새로 맞췄다. "내일은 학교 안 와도 된다"라는 선생의 말에 아무도 기뻐하지 않았다.

그로부터 한참이 지난 지금도 나는 교육 이슈 앞에서만큼은 중요성을 가늠하지 못해 허둥댄다. 정확히는 교육이 아닌 '대입'이다. 나는 늘 대입을 둘러싼 이 사회의 풍경이 기이하다. 대입개편공론화위원회를 꾸리고, 그 결과를 내가 속한 매체를 비롯한 거의 모든 언론이 비중 있게 보도하는 이유를 나는 아직도 모른다. 대입만을 관장하는 게 아닌 교육부장관이 이 문제를 이유로 개각 대상 명단에 꾸준히 이름을 올리는 까닭을 이해하지 못한다. 아니다, 안다. 대입 전형에 사활을 걸 수 있는 자원을 가진 사람들의 목소리는 언제나 과대 대표되어 있다.

《우리 아이들》의 부제는 '빈부격차는 어떻게 미래 세대를 파괴하는가'이다. 500쪽 가까운 책을 한 달에 걸쳐 어렵게, 어렵게 읽었다. 페이지를 넘길 때마다 떠오르는 얼굴들 때문이었다. 정임, 소영, 세진, 윤주, 연재'들'의 얼굴이 행간 위에 떠올랐다 사라지길 반복했다. 16년 차지만 고졸이라 여전히 주임 직급을 달고 있는, 비정규·저임금 일자리를 전전하는, 너무 이른 결혼과 출산으로 원치 않는 전업주부가 된 나의 그때 그친구들. 우리에게는 특별히 운이 좋은(예외적인) 경우를 제외하곤 '에어백'이 없었다.

교육받고 부유한 부모들은 일반적으로 사회학자들이 '약한 유대 관계'라고 부르는 것, 즉 다른 사회 분야의 지인들(정신과 의사, 교수, 경영인, 친구의 친구 등)과 광범위한 관계를 맺고 있다. 사회적 유대의 범위와 다양성은 사회 이동과 교육적, 경제적 진출을 위해 특히 소중하다. (……) 가난한 부모

와 그들의 자녀에게는 간단히 말해 이러한 것에
대한 접근 자체가 불가능하다.*

  미국 공공정책 분야의 대가인 저자 로버트 D. 퍼트
넘은 이번 연구를 진행하며 배움이 숫자보다는 '이야
기'에 있음을 깨닫는다. 연구팀은 녹음기가 돌지 않을
때 노동 계급에 대한 더 많은 사실을 알 수 있었다. 노
동 계급 응답자들과는 인터뷰 날짜를 잡는 단순한 일조
차 쉽지 않았는데, 이는 "지속적인 불안과 불확실성 속
에서 미래를 계획하는 것이 얼마나 어려운 일인가"* 를
마침내 인지하는 계기가 된다. 그리고 자신과 자신 세
대가 지닌 부와 행운이 상당 부분 '노력'이 아닌, 시대의
산물이라는 것도. 기회 격차가 정치적 평등성을 손상시
키고, 그 결과 민주적인 정당성도 훼손시키고 있으며,
"이러한 사회에 우리 또한 연루되어 있음"* 을 반성한
다. 미국의 가난한 아이들 운명이 경제와 민주주의에
광범위한 영향을 미치고 있다는 '당연한' 결론을 인터

뷰라는 질적 연구에 온전히 기대지 않고, 양적 연구로도 충분히 증명해 낸다. 그저 당연하다고 넘길 수가 없다. 이건 모두가 짐작할 수 있고 알다시피 미국만의 문제가 아니다.

나 역시 1인분의 책임이 있는, 이제는 부정할 수 없는 '진짜' 어른이 됐다. 빈부 격차가 가져온 기회의 차이는 단시간에, 단 하나의 정책으로 해소할 수 있는 간단한 문제가 아니다. 그렇지만 어른인 내가, 또 우리가 적어도 한 사람 이상의 어린 사람에게 '운'이 되어 주는 일은 어렵지 않을지도 모른다. "가난한 아이들이 정말로 필요로 하는 것은 그들의 삶에 '얼굴을 내밀어 주는' 의지할 만한 어른의 존재다."* 너무 빨리 어른인 척해야 했던 스무 해 전 나 같은 사람에게 나는 '곁'이 되어 주고 싶다. 그리고 당신도 그랬으면 좋겠다. 그 방법을 우리가 각자의 자리에서 찾으면 좋겠다.

십대: 이쁘다고 말해 주고 싶다, 너에게. 그때 그 불만투성이의 노여움과 서러움으로 가득한 내 눈빛을 보고 이쁘다고 해 준 사람이 아무도 없었기 때문에 더더욱.**

* 로버트 D. 퍼트넘, 《우리 아이들》, 정태식 옮김, 페이퍼로드, 2017
** 김소연, 《마음사전》, 마음산책, 2008

할머니,
지금 죽지 마

김옥선 씨가 중환자실에 누워 있다. 마른 나뭇가지처럼 버석거리는 발을 손에 쥐어 본다. 외할머니가 자신의 '큰 발'을 남세스러워했다는 게 문득 떠올랐다. 그래 봤자 250mm였다. 발을 부러 힘껏 주물렀지만 반응이 없었다. 초점 없는 눈이 손녀를 보는 둥 마는 둥했다. 외할머니에게서 한번도 본 적 없는 얼굴이었다. 당신이 1938년생 범띠 여자라 팔자가 드세서 자식을 죽였다고, 집에서 기르는 짐승마저 당신을 잘 따르지 않는다며 조그맣게 한숨 쉬던 어느 날의 얼굴이 기억났던 건 왜일까. 일제강점기에 태어나 한국전쟁을 경험하고, 전쟁 통에 아이를 낳고 또 잃고, 그 와중에 내 어머니를 길러 낸 몸이 병원 침대 위에서 저물고 있다.

외할머니가 입원했다는 소식을 듣고도 크게 놀라지 않았다. 연세가 있으니 당연한 일이라고 여겼다. 그 나이 때 노인이 그러하듯 병은 한 가지의 모습으로 오지 않았다. 최초 입원한 이유는 자연스레 잊혔다. 병이 병을 부르는 동안 외할머니의 몸도 자연히 쇠락해 갔다. 중환자실 입구에는 연명 치료 중단에 관한 전단이 굴러다녔다. 그 종이를 유심히 들여다보거나 만지작거리는 사람은 나뿐이었다.

가족들은 각자의 이유로 할머니가 '숨만 붙어 있기를' 간절히 바랐다. 엄마도 마찬가지였다. 더 많은 시간을 함께 보내지 못했다는 미안함에 온몸을 저려 했다. 《어떻게 죽을 것인가》의 저자이자 외과의사인 아툴 가완디가 수도 없이 목격한 상황 중 하나에 내가 놓여 있었다. 책 속 상황이 눈앞의 현실로 닥쳐올 때, 나는 무력했다. 나는 의학의 실패를 목격하면서도 환자 보호자 중 한 사람으로서 의학의 기적을 바랐다. "우리가 병들고 노쇠한 사람들을 돌보는 데서 가장 잔인하게 실패한 부분은 이것이다. 그들이 단지 안전한 환경에서 더 오래 사는 것 이상의 우선순위와 욕구를 갖고 있다는 사실을 인식하는 데 실패했다는 점이다."•

나는 외할머니의 우선순위와 욕구를 모른다. 가족 중 누구도 아는 사람은 없어 보였다. 하루 두 번 20분씩, 한 번에 두 사람씩만 입장하도록 허락되는 면회 시간을 가족들은 분과 초 단위로 쪼개 썼다. 내 순서가 돌아왔을 때 외할머니가 멀건 죽이 지겹다고 의사 표시를 해 줘서 고마웠다. 정작 밥알을 씹어 삼키는 일은 어려워했다. 나는 준비해 간 요거트를 대신 내밀었다. 외할머니는 200밀리미터짜리 한 병을 천천히 빨대로 마셨다. '살고 싶구나, 할머니.' 문득 연명 치료 중단을 떠올렸던 내가 원망스러웠다. 당신은 내 눈물에도 아무런 반응을 보이지 않았다. 그저 빈 요거트 병을 소리

없이 내밀 뿐이었다. "자신이 죽을 수밖에 없다는 걸 받아들이고, 의학으로 가능한 일과 불가능한 일을 분명히 이해하는 과정은 서서히 진행된다."• 그리고 환자의 의사와 상관없이 병원은 연명 치료에 관해서라면 언제나, 무엇이든 할 일이 있다. 소변 줄부터 링거 줄까지 전신에 온갖 줄을 연결하는 방식으로 말이다.

할 수 있는 게 없는 보호자는 병원 복도에서 멍하니 앉아 외할머니 집을 구석구석 떠올렸다. 지난여름 나와 짝꿍은 외할머니 텃밭에서 각종 채소를 땄다. 일생 의지했던 밭은 당신의 나이와 함께 쪼그라들었다. 어느 해인가 자루째 오던 옥수수와 박스째 오던 감자가 멈췄고, 어느 해부터는 김장김치가 오지 않았다. 모두 할머니가 손수 가꾸던 땅에서 출발해야 했던 것들이다. 돌아가시기 직전 해에는 노인 걸음으로 꼭 스무 걸음만큼의 밭뙈기만 겨우 일구고 있었다. 우리는 그 밭에서 제멋대로 자란 노각·고추·파·애호박·가지 따위를 한두 개씩 챙겼다. 호박인지 오이인지 정체를 알 수 없는 채소도 얻었다. "네가 지금 딴 게 토종오이야. 피난 짐에 챙겼던 씨앗을 여태 심는다." 나는 그 말을 김옥선 씨의 삶이, 역사가, 시간이 그 안에 모조리 들어 있다는 의미로 받아들였다. 어쩌면 이제 다시는 그 못난 오이를 먹을 수 없을지도 모른다는 사실도 사무치게 떠올렸다.

외할머니는 나와 헤어질 때면 슈퍼에서 과자를 사곤 했다. 검은 비닐 안에 든 봉지과자는 하나같이 부피가 컸다. 어떤 날은 내가 멘 가방만 했다. 나는 "짐만 된다"며 타박했다. "내가 애야?"라는 말도 덧붙였다. 그러면서도 사진을 찍었다. 그 사진을 SNS에 올리며 외할머니에게 사랑받는 손녀딸이라는 걸 자랑도 했다. 정작 그 마음을 당신에게는 제대로 표현하지 못했다.

당신이 누군가 버린 유모차를 얻어 보행 보조기를 대신해 쓴다는 걸 알게 된 날도 떠올랐다. 나는 당장 인터넷으로 보행 보조기를 주문했다. 잘 받았다고, 고맙다고 전화한 당신에게 "할머니가 거지야?"라는 말을 굳이 더했다. 미운 말이 얹혀서 잠을 설쳤다. 다음 날 휴가를 내고 강원도행 버스를 탔다. "할머니, 내가 사 준 핸드폰도 보행 보조기도 막 써. 막 험하게 많이 쓰란 말이야. 그래야 내가 또 사 줄 수 있지." 그러겠다고 약속한 당신은 나와의 약속을 지키지 않았다. 외할머니는 내가 선물한 보행 보조기를 '애지중지' 모셔만 뒀다.

당신은 평생 강원도 밖을 벗어나지 않았거나 혹은 못했다. 당신이 가 보지 못했던 지역을 출장가거나 여행할 때면 나는 그곳에서 가장 유명한 과일을 택배로 부쳤다. 그럴 때면 외할머니는 굳이 노인정까지 내려갔다. 내게 전화를 걸어 당신 할 말만 하고 끊기 위해서였다. "아유, 너는 왜 이렇게 시키지도 않은 걸. 돈벌어 가지고 할머니한테 다 쓰면 어떡하려고 그래. 그래, 전화세 많이 나온다, 끊어." 그 속 보이는 '자랑'이 웃기면서도 듣기 좋아서 나는 매번 과일을 샀다.

내 신분증 뒤에는 스티커 한 장이 붙어 있다. '응급 상황 시 아래 번호로 연락해 주세요. 집 안에 반려동

물이 혼자 있습니다.' 짝꿍과 엄마 번호를 차례로 적어 두었다. 집에 사는 고양이는 말을 할 수 없고, 전화할 수 없으며, 굳게 잠긴 문을 열 수도 없다. 나는 내가 갑자기 죽게 되더라도 나와 함께 살던 고양이가 살아 있는 동안은 지금과 비슷한 수준의 보살핌을 받길 원한다. 새해에는 신분증에 스티커를 한 줄 더 추가했다. '무의미한 연명 치료를 원하지 않습니다.' 혹시나 내가 의식이 없는 상태에서 위급 상황에 처했을 경우 연명 치료를 받지 않겠다는 의사를 확실히 해 두고 싶었다. 짝꿍과 나는 이 주제로 여러 번 대화를 나눴고, 서로의 생각을 지지하며 공감한다.

나는 때때로 오늘을 잘 살기 위해서 죽음을 생각한다. "우리의 궁극적 목표는 '좋은 죽음'이 아니라 마지막 순간까지 '좋은 삶'을 사는 것"• 이라는 말에 깊이 동의한다. 죽음은 공평하다. 나도 예외는 아닐 것이다. 필연인 죽음은 늙은 결과가 아니라 살아온 것의 결과로 평가받아야 한다. 그런 생각이 든 날은 좀 더 씩

씩한 하루를 보내게 된다. 외할머니는 어땠을까. 외할머니는 자신의 죽음을 고민해 본 적 있을까. 우리는 왜 이 주제를 한번도 나누지 못했을까.

외할머니에게 아직 묻고 싶은 것이 많다. 그러니 한라봉이 남아 있고 보행 보조기를 '모셔 놓은' 당신 집으로, 당신이 돌아오면 좋겠다. 나는 당신에게 꼭 묻고 싶은 게 있다. 《어떻게 죽을 것인가》 속에서 완화 치료 전문가인 수전이 자신의 아버지에게 물었던 질문이다. "제가 알아야 할 게 있어요. 당신이 생명 유지를 위해 얼마만큼 견뎌 낼 용의가 있는지, 그리고 어느 정도 상태면 사는 게 괴롭지 않을지 알아야만 해요."• 그래서 당신 대답에 따라, 당신 뜻대로 존엄한 죽음을 '선택'할 수 있을 만큼의 시간이 우리에게 허락된다면 좋겠다. "결국은 이기게 되어 있는 죽음"• 을 주제로 우리가 오래 대화할 수 있으면 좋겠다.

• 아툴 가완디, 《어떻게 죽을 것인가》, 김희정 옮김, 부키, 2015

아주 평범한 가난

한동안 입술만 깨물던 엄마가 결심한 듯 내 손을 꽉 부여잡았다. 정작 목적지에 도착했을 때 엄마는 나를 홀로 밖에 세워 뒀다. 아무렴, 나는 '심심하다'라는 말을 모르는 아이였다. 글자라면 무엇이든 읽었다. 식당 유리에 코를 대고 메뉴판을 보려 애썼다. 유리에서는 은은하게 돼지갈비구이 냄새가 났다. 고개를 조아리는 엄마가 보였다. 소리는 들리지 않았지만 밀린 월급 30만 원을 달라고 하는 중이었다.

눈치 없이 배가 고팠다. 엄마는 집에 돌아가는 길에

양념치킨을 사 줄 것이다. 자식 입에 들어갈 치킨 값을 계산할 때면 어딘가 당당해지곤 했던 엄마 얼굴을 떠올렸다. 고개를 돌려야 한다는 걸 알았다. 아예 몸을 돌려 전봇대에 나붙은 전단지를 유심히 들여다봤다. 숙식 제공, 100만 원, 아가씨 같은 글자가 또렷했다.

그날 이후였다. 하굣길마다 신발주머니를 빙글빙글 돌리며 언제쯤 아가씨가 될 수 있을지 생각했다. 나는 100만 원만큼의 미래를 꿈꿨다. 그 후로도 오랫동안 그보다 더 큰 돈은 내 상상의 영역이 아니었다. 그 미래에는 엄마가 30만 원 때문에 작아지지 않을 수 있었다. 그런 생각을 입 밖으로 꺼내면 안 된다는 것쯤은 알았다. 지금도 여전히 꿈에 나오는 장면들이 있다. 초록색 슬립을 걸친 여자가 남자에게 머리채를 잡힌 채 골목으로 끌려간다. 비쩍 마른 몸은 비명조차 지르지 못한다. 맨발은 검다. 그런 장면을 숨도 못 쉬고 목격한 날은 또 생각했다. '아가씨는 되지 말아야겠구나.'

동네에는 저녁 6시가 넘어서는 갈 수 없는 골목이

있었다. 그곳을 '신길동 텍사스촌'으로 불렀다는 건 나중에 알았다. 서울 영등포구 신길동 261번지에 있던 텍사스촌은 1997년 10월 29일 강제 폐쇄됐다. 나는 1990년대 전부를 그 텍사스촌에서 육교 하나를 건너면 있는 골목에서 보냈다. 그 근처 여러 집을 2, 3년마다 옮겨 다니면서 초등학교와 중학교를 마쳤다.

기억이 정확한지 확인하기 위해 옛날 기사를 찾아봤다. 1997년 9월 30일 MBC 뉴스데스크의 한 꼭지는 "여느 때 같으면 호객 행위를 하는 앳된 10대 소녀들과 취객들로 붐비던 곳이지만 모두 자취를 감췄습니다"라는 멘트로 시작된다. 언제쯤 아가씨가 될 수 있을까 골몰하던 10대와 이미 아가씨였던 10대가 고작 육교 하나를 사이에 두고 살았다는 사실에 나는 적잖이 당황했다. 내가 가진 손톱만큼의 운 덕분에 나는 그곳에 닿지 않았다.

해가 아직 한창일 때 나는 일부러 그 골목들을 살펴

곤 했다. 그들이 '진열돼' 있던 곳이야말로 사파리였음을 이제는 안다. 아주 지독한 가난이 그들을 그 유리창 안으로 이끌었다는 것도. 신길동은 그 사파리에 기생하는 형태로 구성된 생태계였다. 엄마가 남편을 잃은 후 홀로 생계를 꾸려야 했을 때 영등포로 흘러든 것도 싸구려 월세방과 밤새 영업하는 식당 일자리가 즐비했기 때문이다. 그 장소는 이제 그 모든 기억과 흔적을 지우고 '억 소리' 나는 아파트가 즐비한 뉴타운이 되었다.

런던에서 서울까지 약 8,000km를 건너 내 앞에 도착한 《가난 사파리》를 넘기는 동안 나는 다른 문화권에 살며 다른 언어를 쓰는 저자와 내가 경험한 가난이 너무 가깝고 때로 겹친다는 '당연한' 사실에 자꾸 몸서리를 쳤다. 우리가 해 왔던 분노의 다짐과 잦은 실패와 달라지는 신념이 비슷한 뿌리를 지녔다는 게 신기했다. 대런 맥가비의 말마따나 "가난은 정치적 논쟁이 아니라 우리 모두가 적극적인 역할을 하고 있는 세계적 현상"•이기 때문일 테다.

저자가 그랬듯 어린 시절 내가 이해할 수 있는 세계는 '가족'이 전부였다. 나의 엄마는 사남매의 둘째딸이다. 엄마와 엄마 형제들이 낳은 자녀는 나를 포함해 아홉 명이다. 그중 전문대 이상 고등교육을 받은 아이는 셋뿐이었다. 정규직 역시 세 명뿐이며, 나머지 여섯 명은 불안정 비정규 노동을 전전한다. 1980~1990년대생인 우리는 대학 진학률 80%의 시대에 살고 있었다. 나는 세 명에 속하고 나의 남동생은 여섯 명에 속한다. 가까이는 우리의 차이를 숙제처럼 끌어안고 살았다. 내가 만나는 세상의 접점이 넓어질수록 숙제는 눈덩이처럼 불어났다. 상업고등학교에서 만난 친구들의 가정환경과 대학에서 만난 친구들의 가정환경은 극과 극이어서 때로 어지러웠다.

어딘가 단단히 고장 난 세상을 이해하고 싶었다. 이

멀미 나는 격차들이 어디서 오는지 궁금했다. 기자라는 직업은 그 숙제를 얼마간 해결해 주리라 기대했다. 하지만 이 '지식인' 세계에 진입했을 때 나는 그들과 되도록 최대한 비슷한 사람이 되고 싶었다. 내가 원하는 게 가난을 이해하고 싶은 게 아니라 벗어나고 싶은 것이었음을 그제야 알았다. 새로운 세계에서 좌불안석하면서도 나는 안도했다. 물론 나는 지금도 가난으로 인해 어딘가 부서지고 망가진 내면이 언젠가는 사고를 치고 말 것이라고 긍긍한다.

상업고를 나온 사람이 드물고, 기초수급을 오랫동안 받았던 사람도 찾아보기 힘든 회사에서 내가 지나온 가난은 '자원'이었다. 다른 시각을 가졌으리라는 기대를 받았다. "나는 내가 어린 시절 이야기를 할 때 사람들의 얼굴 표정을 보기까지는 내 어린 시절이 힘들었다고 생각하지 않았다. 사람들이 그렇다고 말하기 시작하기까지는 내 인생이, 또는 실로 내가 어떤 식으로든 흥미롭다거나 의미 있다고 생각하지 않았다."• 가난은 이 사회의 많은 문제가 시작되는 저수지였다. 가난과 관련된 아이템은 흔하고 넘쳤다. 그래서 의미 없을 때가 많았다. 오만함과 절박함과 희망이 범벅된 진창에서 구르는 동안 '글' 따위는 몇 번이고 무참히 패배했다.

실패는 안팎으로 계속됐다. 다정한 적 없던 가족과 친척은 때로 남보다 멀고, 이제는 각자의 짐을 지며 살고 있지만 애경사로 드물게 만나곤 했다. 나는 그때마다 "네가 사는 세계에서는 어떤지 모르겠지만"으로 시작하는 말을 꼭 한번씩은 듣곤 한다. 내가 그 '다른 세계'에서 얼마나 자주 이방인이 되는지도 모르면서. 하지만 나는 그 말을 자꾸 곱씹을 수밖에 없었다. 그 말에서 상대가 의도치 않았던 냉소와 비난을 읽는다. 때로는 왜 나를 구분하느냐고 반발하기도 한다. 하지만 가난은 돈의 많고 적음으로만 구별되지 않는다. 문화와 교양과 취향으로도 드러난다. 나는 그 말에서 내가 빠져나온 세계를 본다. 그리하여 안온한 세계에서 구경한다.

2019년 12월 외할머니의 장례를 치렀다. 삼일장을 치르는 동안 나는 내가 가족들 안에서도 이방인이라는 걸 인정해야 했다. 가족과 접점을 점차 줄여 온 지난 10여 년간 본 적 없는 다양한 계급의 사람들을 동시에 만났다. 외제차를 타고 온 친척 동생의 '절친'은 얼굴 한 번 본 적 없는 장례식장의 어린 상주들에게 5만 원짜리 지폐를 턱턱 꺼내 주곤 했다. "누나, ○○동에서 무슨 일 생기면 저한테 전화해요." 능글맞게 웃으며 거드름을 피우기도 했다. 나중에 알고 보니 그는 서울 ○○동의 유명한 조직폭력배였다.

요즘 조직폭력배는 옛날처럼 '촌스럽게' 몰려다니면서 싸우지 않는다. 온라인 도박업체와 손잡고 대포통장이나 대포폰을 관리하는 일로 한 달에 수백만 원을 추수한다. 손쉽게 돈 버는 방법이 있다는 걸 알게 된 그의 친구들은 마트와 공사장에서 하루 10시간 이상 '뺑이'치는 대신 대포통장 서너 개를 관리하는 조직 끄

트머리로 들어가는 걸 선호한다. 경찰에 잡혔을 때를 대비한 진술 매뉴얼도 다 준비돼 있다. 매뉴얼대로 말하지 않아 징역을 살게 된 '좆된' 친구 얘기가 잠시간 안줏거리로 흘러나왔다.

그 친구가 떠나고 난 뒤 나는 마트에서 하루 12시간 일하는 내 친척 동생에게 물었다. "너는 어떻게 저 친구들과 같이 일하지 않을 수 있었어?" 대답은 간단했다. "아빠 때문에." 아무리 사고를 쳐도 몇 번이고 학교에 와 무릎을 꿇었던 아빠(나의 삼촌) 때문에 아이는 '막' 나가지 못했다. 하지만 그 애에게 '범죄'는 막다른 골목에 섰을 때 가장 가까이 있는 선택지가 된다. 다시 왁자하게 '떨(대마초)'을 얼마나 쉽게 구할 수 있는지 따위 정보가 공유됐다. 자꾸만 그게 어떻게 가능한지를 묻는 나는 같은 장소에 있지만 다른 곳에 위치한 사람이었다.

몇 달 후 나는 내 남동생에게도 같은 말을 듣게 된

다. "누나가 사는 세계에서는 잘 모르겠지만……." 그는 내게 돈을 빌리러 온 참이었다. 불법 도박 사이트를 드나들다가 회삿돈에 손을 댔다. 도박 중독이었다. 짐작은 하고 있었다. 동생은 지난 몇 개월간 적게는 몇만 원을, 많게는 수십만 원을 여러 이유로 빌려 가곤 했다. 이번에는 몇백만 원이었다. 생각지 못한 지출이 반복되며 내 삶도 일부분 허물어져 가고 있었다. 벗어났다고 생각하고 외면했던 가난의 그림자는 이런 식으로 내 발목을 잡곤 했다. 내가 잘못하며 살지 않아도 책임을 져야 했다. 부채가 있었다. 우리 두 사람 중 나만 고등교육을 이수할 수 있었던 건 그 애가 공부를 못한 까닭도 있지만, 그 이유로 그 애가 돈을 벌기 시작했기 때문이었다. 동생이 집안 생계를 책임진 덕분에 나는 내 앞가림만 하며 대학을 다닐 수 있었다.

"누나, 나는 잘해 보려고 했던 일인데 매번 이런 식이야."

나는 그 말에 아직도 적당한 대답을 찾지 못했다. 세상은 모르는 그 애의 최선을 나는 안다. 다만 공업고등학교를 나와 비정규 노동의 틈새를 전전해 온 30대 중반의 남성은 '작은 성공'조차 쉽지 않았을 뿐이다. "문제 해결을 위해 뭔가를 하려 할 때 대단히 많은 벽에 부딪친다"•는 점은 가난이 가진 질긴 속성이다. 온라인 도박 사이트는 드물게 장벽이 없는 공간이었다. 가끔이긴 하지만 성취감을 줬다. 청소년기에는 게임이 그 역할을 했었다. 나는 내 동생의 노동을 딛고 공부할 수 있었는데, 결과적으로 동생 삶에는 하나도 도움이 되지 않는 글만 바쁘게 쓰고 있다는 자괴가 몰려왔다. 세상이 조금도 나아지지 않는 것 같아서 망해 버렸으면 좋겠다고 생각했다.

남동생이 2012년 첫 아이를 낳았을 때 나는 주변이 모두 당혹해할 정도로 오래 통곡했다. 2.9kg의 조그만 아이를 처음 안고서 터뜨린 울음을 한동안 나조차 해석하지 못했다. 그건 단순한 기쁨이 아니었다. 시간이 조금 지난 후에 깨달았다. 나는 그 아이가 살아갈 많은 날이 안쓰러웠다. 앞으로 '당할' 일들이 떠올라 고통스러웠고, 무서웠고, 서러웠다. 이 아이가 자라는 동안 경험해야 할 모든 일들이 먼저 경험한 내게 무게로 다가와 나를 짓눌렀다. 가장 무서운 것은 아이 부모의 가난이었다. 나는 우리의 가난을 늘 대수롭지 않아 했지만, 그건 사실 가난이 삶의 많은 것을 결정하는 대수로운 일임을 알았기 때문이었다. '핏덩이'는 내가 가난 때문에 늘 상처받는 사람이라는 걸 상기시켰다.

대런 맥가비는 《가난 사파리》에서 독자에게 한 가지 태도를 제안한다. "나는 우리가 먼저 정직해지는 데서 시작할 수 있을 거라 생각한다. 혁명은 없을 것이다. 우리 평생에는 없을 것이다. 이 체제는 다리를 절룩거리며 나갈 것이고 우리도 그래야만 할 것이다." *

그의 생각에 전적으로 동의한다. 나는 한때 정치권

력이나 체제가 바뀌기를 '순진하게' 기대했다. 이제는 그저 일정 부분 망가진 울퉁불퉁한 길을 일단 걸어가 본다. 내면의 힘을 발견하고 기르는 편에 서서 할 수 있는 일을 해 보려 한다. 어떤 문제를 해결할 힘은 누군가 로부터 오는 게 아니라(빈곤은 이런 방식으로 산업화되었다) 나에게도 있다는 걸, '가난한' 우리도 이 세계의 일부이고 책임 있는 구성원이자 시민이라는 걸 믿으면서.

● 대런 맥가비, 《가난 사파리》, 김영선 옮김, 돌베개, 2020

네가 남겨 둔 말

앤드루 케Andrew Keh 〈뉴욕타임스〉 기자가 2022년 1월 29일 자신의 트위터 계정에 올린 글 하나가 소소하게 화제였다. AITA(Am I the Asshole, '내가 나쁜 사람이야?') 라는 머리말을 달고 있는, 레딧(Reddit, 한국의 디시인사이드와 비교되는 미국의 대형 커뮤니티) 사연을 캡쳐해 올린 게시글이었다. 4월이면 아빠가 된다는 남성은 자신의 아내가 한국 남성 그룹 샤이니의 열렬한 팬이라고 소개하고 있었다. 아내는 아이 이름을 샤이니 멤버 중 한 명인 '종현'으로 짓고 싶어 했다. 처음에 농담인 줄 알았던 남편은 진지한 아내의 태도에 당황한다. 둘 다 백인인 자신들의 아이 이름이 '한국적'인 것이 미칠 영향을 고심하며 하소연하고 있었다.

온라인상에서 갑론을박이 이어졌다. 나는 아이가 결국 어떤 이름을 갖게 되었을지 크게 궁금하지 않았다. 대신 얼굴도, 이름도 모르는 미국의 샤이니 팬 생각에 골몰했다. 자신이 가진 것 중 가장 귀한 존재에게, 이제 세상에 없는 사람의 이름을 붙여 주고자 하는 크고 넓고 아득한 사랑에 대해서. 그 팬이 '종현'을 아이 이름으로 고른 것은 슬프지 않게, 행복하게 애도를 이어 가기 위해서라는 것까지 나는 단박에 이해했다. 종현 몫까지 행복하겠다는 다짐이 담겨 있다는 것도.

샤이니 종현은 1990년 4월 8일 태어나 2017년 12월 18일 세상을 떠났다. 종현의 부고를 들은 날은 겨울의 한복판이었다. 하필 너무 춥고 하필 너무 바람이 불었다. 믿어지지 않아 자꾸만 눈을 비볐다. 먹지도 잠들지도 못하고 생각했다. 다정하고, 밝고, 사려 깊었던 종현을. "(우리가) 네 인생을 대신 살아 줄 순 없지만 네 인생을 더 즐겁게 만들어 줄 순 있어"라고 했던 그 사람의 말을. 팬 사인회에서 한 팬에게 했다는 그 말이 그날 왜 그렇게 사무치게 떠올랐을까. 덕분에 내 인생은 즐거웠고, 또 즐거울 것이었다. 그런데 정작 그이는 그렇지 못했다. 온몸이 문자 그대로 저렸다.

시 큐레이션 애플리케이션 '시요일'에 연재됐던 '김현의 시 처방전'에 "좋아하는 가수가 세상을 떠났어요"라는 사연이 도착한 적 있다. 김현 시인은 종현의 노래 〈하루의 끝〉을 들었던 며칠 전 밤을 떠올리며 처방전을 적는다. "여기 남은 사람이 4분 37초의 노래를 듣는 일이 여기 남지 않은 사람의 4분 37초를 대신 살아 주는 일이 되는 건 아닐까, 감히 생각하게 되었습니다. (……) 어떤 헤어짐을 이해하기 위해서는 일순간이 아니라 일생이 필요하기도 하답니다."•

긴 장례를 치르며 살겠구나, 짐작했다. 종현의 장례
가 끝나고 두 달 후 나는 일본 도쿄에 있었다. 공연장
을 환하게 비추던 빛이 사위어 가고 팬라이트가 하나
둘 켜지기 시작했다. 적막을 뚫고 노래가 시작되는 순
간 나도 모르게 작은 한숨이 새어 나왔다. 2018년 2월
27~28일, 개최 여부가 불투명했던 샤이니 콘서트가
도쿄돔에서 열렸다. 무대에 선 멤버는 넷뿐이었다. 네
명의 멤버가 아무리 애를 써도 채워지지 않는 한 사람
의 빈자리를 보았다. 또 부러 비워 둔 자리 역시 보았
다. 그 당연함이 서럽고, 그래서 또 좋았다. 종현의 부
재로 인해 완벽할 수 없는 무대야말로 그 자리에 모인
사람들이 경험했어야 할 추모였다. 멤버와 팬이 함께
울 수 있는 자리가 내게는 절실했다.

아무렇지 않게 일상을 살다가도 슬픔이 묵직하게 방
문하면 마음 둘 곳을 몰라 서성인다. 가능하면 몰려오
는 감정을 피하지 않고 맞선다. 나는 내가 누군가의 팬

임을 일부러라도 숨기지 않는다. 특히나 아이돌 팬을 낮잡아 보는 여전한 시선을 알기에 더욱. 홍상수 감독 인터뷰 중에 '입덕'의 본질을 꿰뚫은 말이 있다. 좋아하는 마음에 얼마간 관여하는 착각에 대해, 홍 감독은 착각이 사랑의 본질일지도 모른다고 말한다. 그리고 착각이 성장을 이끈다는 것까지 나아간다.

"어차피 아무것도 그렇게 잘 알 수가 없습니다. 하여간 잘 안다고 해서 좋아하는 건 좀 문제가 있습니다. 먼저 좋아하고, 상관없이 좋아하는 거죠. 좋아하는데 그 사람에게서 조금씩 다른 면을 보게 되고, 그걸 보게 되는 과정도 즐기는 것, 그게 좋은 것 같습니다. 좋아하기 때문에 더 참을 수 있고, 그래서 내 속의 두려움이나 불편함을 이겨내고, 전엔 어색해했던, 삐뚤게 봤던 그 다른 면을 이젠 온전한 모습으로 받아들일 수 있는 것, 그게 덤으로 얻는 겁니다. 그 덤으로 내가 조금씩이지만 변하는 것 같습니다."

- "남은 일은 저절로 일어날 겁니다, 일어날 거라면" 〈씨네21〉
홍상수 감독 인터뷰, 2013년 9월 17일

음악 애플리케이션을 통해서 언제 어디서나 손쉽게
노래를 들을 수 있는 시대지만 종현의 앨범을 들을 때
면 CD라는 번거로움을 선택하게 된다. CD는 첫 번째
트랙부터 마지막 트랙까지, 창작자가 원했던 순서와
방향으로 들어야만 하는 매체다. 싱글 앨범이 대세인
시대에 수록곡이 7~8곡에 이르는 정규 앨범을 내고,
CD로 들어야만 온전히 얻을 수 있는 즐거움을 '다시'
가르쳐 준 사람이 종현이었다.

첫 솔로 앨범 〈BASE〉(2015)를 내놓을 때 종현은 CD
에서만 들을 수 있는 히든 트랙을 넣었다. 생전 마지
막 앨범이 된 소품집 〈Op.2〉(2017)도 그랬다. 그는
〈DAZED〉(2015년 2월)와의 인터뷰에서 이렇게 말한다.
"음반을 안 사면 들을 수 없는 트랙을 만들었는데, 노

골적으로 음반을 사게 하려는 의도는 아니에요. 인정하기 싫지만 음반 시장 상황은 아주 안 좋아요. 음반 시장에 속해 있고, 함께하는 사람으로서 고민하게 돼요. 안 될 걸 안다고 나마저 아무것도 하지 않는 건 싫어요."

무용해 보이는 시도를 멈추지 않는 사람이었다. 발버둥 치는 일의 필요와 중요를 아는 사람이었다. 자신이 받은 사랑과 주목을 소수자를 위한 자원으로 돌릴 줄 아는 사람이었다. 팬들은 종현을 기억하고자 기일과 생일이면 '청소년성소수자위기지원센터 띵동' 같은 단체에 기부한다.

무언가를, 누군가를 좋아할 수 있다는 건 어쩌면 굉장한 재능 중 하나다. 꼭 그만큼 삶이 넓고 깊어진다. 싫어하는 것들은 금방 잊어버리고, 좋아하는 것들의 목록을 늘려 가면서 살고 싶다. 좋아하는 것들의 목록이 늘어날 때마다 싫어하는 것들이 나를 침범해 올 때

숨거나 도망갈 수 있는 요새를 짓는 기분이 든다. 아이돌을, 샤이니를 좋아하는 일은 그 목록의 가장 윗줄에 있다. 샤이니의 노래를 들을 때면 케이팝이 이렇게 좋은 미래와 현재를 가질 자격이 있는지를 곱씹게 된다. 나는 샤이니의 탁월함에 매번 새롭게 감탄한다.

종현은 더 이상 그 '미래'에 포함될 수 없다. 그래서 거듭 떠올리는 종현의 말이 있다. 2014년 열린 샤이니 콘서트의 앵콜 시간, 종현은 울면서 약속했다. "찾으면 볼 수 있는 곳에 있을게."

나는 종현의 부재를 안다. 그리하여 종현이 영원으로 존재한다는 것도 안다. 머리로 아는 게 아니라 몸으로 아는 감정이 있다. 종현은 없지만 종현의 목소리를 계속 들을 수 있는 기적에 대해 나는 자주 감격한다. 그는 정말 찾으면 볼 수 있는 곳에, 들을 수 있는 곳에 여전히 있다. 내 마음에는 할머니 무덤도 있고, 아빠 무덤도 있고, 종현의 무덤도 있다. 살아 있는 일은 마음에 그렇게 몇 번이고 무덤을 만드는 일임을, 슬픔은 그 모든 일을 대표하는 감정이되 전부가 아니라는 것도, 이제는 안다.

김현, 《당신의 슬픔을 훔칠게요》, 미디어창비, 2018

나의 영원한
미제 사건

그때 나는 열 살이었다. 겨울방학이었고, 심심했다. 내가 갈 수 있는 가장 먼 곳은 학교였다. 내가 아는 가장 재밌는 장소이기도 했다. 언 손을 호호 불어 가며 그네며 정글짐을 한참 탔다. 언 땅에 간신히 땅따먹기 모양을 다 그렸을 때 웬 아저씨가 다가와 교무실을 물었다. 예의와 친절은 내가 학교에서 배운 것 중 가장 값진 것이었다. 공손히 위치를 짚어 주는 내게 아저씨는 같이 가 줄 수 있는지 물었다. 까짓것, 어려운 일도 아니었다. 나는 앞장섰다.

인사하고 돌아서는 내 등을 뾰족한 것이 지그시 눌러 왔다. 두꺼운 점퍼를 입었지만 느낄 수 있는 날카로움이었다. 아저씨는 나긋한 목소리로 그것이 칼임을 알렸다. 본관 건물 뒤쪽으로 나를 몰았다. 죽일 수 있지만, 죽이지 않을 수도 있다고 말했다. 가만히 있으면 된다고 했다. 바지와 속옷이 차례로 벗겨지는 동안 나는 오줌을 지렸다. 나지막한 소리로 욕하는 그에게 손을 모아 싹싹 비는 시늉을 했다. 너무 무서우면 목소리도 눈물도 나오지 않는다는 걸 알았다. 동시에 찾아왔던 감정은 수치심이었다. 속옷을 남에게 보인 것이 처음이었다. '속옷을 갈아입지 못했다'는 사실이 퍼뜩 부끄러웠다. 단칸방에는 세면 시설이 변변찮았고, 겨울 추위는 씻지 않을 좋은 핑계였다. 토막 쳐진 기억 속에서도 지금까지 또렷하게 기억나는 이 수치심은 오랜 시간 내게 벌어진 일을 해석하는 데 방해가 됐다.

  퇴근한 엄마가 내 이야기를 듣고 가장 먼저 물어본

말은 "잘 씻었니?"였다. 몸을 이리저리 살피고 몇 가지를 더 물어보긴 했지만 경찰에 신고하지는 않았다. 기대 밖의 반응에 몹시 서운했다. 눈물이 핑 돌았지만 나는 별일 아닌 것처럼 최대한 의연하게 굴었다. 엄마 등 뒤로 긴 한숨이 이어졌다. 영원히 입 밖으로 꺼내서는 안 되는 말이 생겼다는 걸 직감했다. 내 존재가 엄마를 불행하게 만들었다고 생각했다. 엄마가 그런 이유로 나를 떠나진 않을까 두려웠다. 스무 살이 되기 전에 죽을 거라고 생각했다. 매일 눈뜨면 초조한 마음으로 몸 이곳저곳을 살폈다. 언제쯤 내 몸에 '죽음의 표시'가 찾아올지 기다렸다. 가해자가 나에게 나쁜 병을 옮겼다고 믿었고, 내 인생은 끝났다고 여겼다. 그 와중에도 나는 자랐다. 그때는 그게 나의 유일한 할 일이었다. 그 학교를 아무 일 없었다는 듯 3년 더 다녔고, 무사히 졸업했다.

발도 키도 크는데, 몸무게만큼은 좀체 늘지 않았다. 2차 성징은 더디게 왔다. 차라리 남자면 좋겠다고 생각했다. 어쩌면 남자가 아닐까 상상했다. 생리를 하지 않는 건 그때의 경험 때문일까 싶었다. 몇 번이고 고쳐 쓴 질문을 들고 보건실에 들어서서 쓸데없는 이야기만 지껄이다 하릴없이 두통약을 받아 나오곤 했다. '지나간다'는 말 안에는 얼마나 많은 고통이 웅크리고 있는지. 몇 번쯤 죽음을 결심했다. 고등학교 2학년 봄방학을 앞두고 생리가 시작됐을 때, 나는 그걸 작은 신호로 받아들였다. 나는 망가지지 않았다고, 나도 정상 범주 안에 속해 있다고 안도했다.

뒤늦게 찾아본 법에 비친 시대는 '아비 없는 자식'과 '남편 없는 여자'에게 별 도움이 되지 않는 것들투성이였다. 1995년까지 형법 제32장은 성폭력을 '정조에 관한 죄'로 규정했다. 성폭력이 여성 개인의 존엄이나 성적 자기결정권을 침해했다기보다, 그 여성에 대한 남성의 독점권을 위반한 범죄로 간주한 것이다. 이는 이후 '강간과 추행의 죄'로 바뀌었지만, 성폭력을 정조와

순결의 관점으로 바라보는 사회적 시선은 쉽게 바뀌지 않았다. 1997년 9월 10일 MBC 〈뉴스데스크〉는 택시 기사에게 성폭행을 당한 19세 여성 자살 사건을 보도하며 이렇게 마무리한다. "수치스러운 삶 대신 죽음을 택한 이 양의 선택은 정조 관념이 희박해진 요즘 세태에 시사하는 바가 큽니다."

계절이 거듭되는 동안 반복되던 악몽도 잦아들었다. 살아남았으므로 살아 보기로 했다. 이왕이면 '잘' 살고 싶었다. 뒤늦게 진학한 대학에서 만난 페미니즘은 문자 그대로 복음이었다. 별생각 없이 신청한 페미니즘 교양 수업 하나가 삶의 지축을 바닥부터 흔들었다. 교수 이름을 검색창에 넣어 보고 나온 기사를 읽고 또 읽었다. 교수는 과거 부천 성고문 사건 속 '권 양'이었다. 내 눈앞에 권인숙 교수가 되어 강단에 서 있었다. 자신의 삶이 빠뜨린 함정에서 걸어 나와 마침내 살아남은 사람. 그가 아무렇지 않게 내 앞에 서 있었으므로, 나는 처음으로 과거가 나를 반드시 망가뜨리지 않을 수도 있으리라는 희망을 가졌다.

그 뒤에도 내게 벌어진 일을 이해하는 데는 훨씬 더 많은 시간이, 부인과 도망이 필요했다. 여성으로 사는 일은 일상의 크고 작은 성폭력을 대수롭지 않게 받아들이는 법을 배우는 과정이기도 했다. 그러나 나는 페미니즘 덕분에 삶에서 아주 도망치지 않을 수 있었다. 페미니즘은 내게 입이 되어 주고, 목소리가 되어 주었다. '생존자'라는 단어를 처음 알았을 때 몇 번이고 발음하며 입 안에서 굴려 봤다. 피해자가 아니라 생존자라니 감격스러웠다. 내가 경험한 폭력을 입 밖으로 꺼내 말할 수 있게 되었을 때, 그 어느 것도 사소하지 않다고 주장할 수 있게 되었을 때, 나를 둘러싼 풍경도 달라졌다. 나는 혼자가 아니고, 내가 당한 일은 내 잘못이 아니며, 나는 이 고통을 '자원화'할 수 있는 사람이었다. "어떻게 고통과 더불어 살아갈지, 어디에 서서 고통을 바라보아야 할지에 따라 고통은 다르게 해석된다."◦

말하고 난 후에야 '다음'을 꿈꿀 수 있었다. 다음으로 가고 싶었다. 피해자가 아닌 생존자의 자리로 온전히 이동하고 싶었다. 말하는 동안은, 글로 적는 동안은 그럴 수 있었다. 11살 어린이를 성폭행하고 암매장한 사건으로 떠들썩하던 2006년이었다. 그즈음 나는 용서라는 단어를 만지작거렸다. '나는 당신을 용서할 수 있어요'라고 일기장에 적고 또 적었다. 그건 내가 다시 쓰는 역사였다. 그 안에서 과거는 내가 통제할 수 있는 사소한 일이 됐다. 비참을 기어코 안도할 수 있었다. 내게 벌어진 일을 어떻게 해석하느냐는 큰 숙제였다. 나는 그 해석을 몇 번이고 고쳐 썼다. 증오를 연민으로 바꾸기 위해 애썼다. 그래야 내가 살 것 같았다. 평생 그 기억에 갇혀 살 수는 없었다. 계속 도망칠 수 없었다.

이해를 위한 첫발을 뗐을 때 괴로운 것은 내가 가해자를 전혀 모른다는 사실이었다. 성범죄는 면식범 비중이 높은 범죄지만, 나는 그를 전혀 알지 못했다. 그는 나의 영원한 '미제 사건'이었다. 어떤 면에서는 행운이었다. 나는 가해자를 나와 같은 복잡한 인간이 아니라 괴물로 상상했다. 마음껏 괴물로 만들었다 부수곤 했다. 하지만 성폭력은 괴물이 저지르는 일이 아니다. 성폭력 가해자를 괴물로 묘사하는 것은 성폭력에 대한 우리의 이해를 떨어뜨리고 해결을 방해할 뿐이라는 것까지, 그즈음 나는 잘 알고 있었다.

그러나 '아는 것'과 '사는 일'은 별개였다. 먼지 쌓인 묵은 기억은 편히 쉬지 못했다. 몸이 기억하는 이야기가 있었다. 나는 성폭력 관련 기사를 가능하면 피해 다녔다. 혹시나 내가 관련 사건을 취재하게 될까 봐 어디선가 사건이 벌어졌다는 소리를 들으면 심장이 내려앉곤 했다. 2010년 벌어진 '제2의 조두순 사건'이 특히 그랬다. 하필 사건 장소는 내가 졸업한 초등학교였다. 그날 밤 뉴스를 보며 눈시울을 적시는 엄마 앞으로 리모컨을 집어던지며 발버둥을 쳤다. 이게 다 엄마 때문이라고, 엄마가 그때 그 아저씨를 신고하지 않아서 이런 일이 계속 벌어지는 거라고, 왜 잊어버리라고, 조심하라고 당부했냐고. 짐승처럼 울었다.

한바탕 난장을 피운 뒤 돌아누운 내게 엄마는 자신도 성폭력 생존자라고 말했다. 엄마가 고른 단어는 생존자가 아니었지만, 나는 그렇게 번역해 들었다. 엄마는 자신의 고통을 어떻게 '자원화'해야 하는지 몰랐고, 입이 있으되 말하지 못했다. 대신 엄마가 배운 건 "그러고도 다 살아"라는 체념이었다. 엄마도 어렸고 약했다는 걸 이해하는 데는 훨씬 많은 시간이 필요했다. 그날 엄마가 밤마다 했다던 기도 내용도 알게 됐다. 예쁘게 자라지 말아 달라고, 그래서 누구 눈에도 띄지 말아 달라고 빌었다고 했다.

아동 성폭력 문제를 다룬 청소년 소설《유진과 유진》개정판을 내며 이금이 작가는 '작가의 말'을 새로 쓴다. 2004년 출간 이후 집필 동기를 묻는 수많은 질문 앞에서 작가가 감춘 대답이 있었다. 사실을 이야기하고 싶을 때도 참았다. 성폭력 피해자에게 피해자다움을 요구하는 사회였기 때문이었다. 소재는 그저 언론에서 얻었을 뿐이라고 수차례 말해 왔다. 그 대답을 16년 만에 고쳐 준 사람은 딸이었다. 작가는 "이제 언제 어디서든 할 말, 하고 싶은 일을 하며 사는 당당하고 멋진 여성으로 성장"한 딸아이가 아동 성폭력 피해자였음을 밝혀 적는다. 딸은 엄마에게 이렇게 말했다. "이제는 놀다가 넘어진 일만큼도 기억나지 않을 정도라고. 그 사실을 많은 사람에게 알려 주라고."••

가해자 이름을 가리면 구분조차 어려운, 판에 박힌 듯한 크고 작은 성폭력 피해 사례를 기어코 직시해 겹쳐 보고 모아 보며 알게 됐다. 내가 가장 잘한 일은 '살아 있는' 일이다. 고통의 원인은 내가 아니라 사회다. 수치심은 비밀 안에 싸여 있을 때에나 존재한다. 성폭력 생존자를 위한 가이드북 《아주 특별한 용기》의 저자들 역시 '침묵 깨기'의 중요성을 강조한다. "많은 생존자들은 다른 생존자들이 보여 주는 용기를 보면서 동기 부여가 된다. 생존자가 자신의 이야기를 친구에게 드러내고 사람들 앞에서 자신의 이야기를 하고, 책을 쓰고, 가해자(혹은 기관)를 고소할 때 그녀는 다른 생존자들에게 침묵을 깨라고 자극하는 중이다. 많은 여성들이 다른 생존자의 이야기를 듣고 난 후 치유를 결심하게 된다." 성범죄 특성상 가해자가 피해자의 수치심과 침묵을 이용하는 경우가 많기 때문에 피해가 가시화되면 추가 피해를 막을 수도 있다고 했다. 그렇다면 나의 이야기도 타인을 살리는 이야기가 될 것이다. 나를 포함해 많은 여성이 그 깨달음의 폐허 위에서, 각자의 자리에서 지치지 않고 증언을 이어 가고 있다.

"생각해 보면 우리가 견딜 수 없는 시절은 없어요. 그런 시절이 있었다면 나는 지금까지 살아 있지도 않을 거예요. 우리는 행복한 기억으로 살죠. 하지

만 우리는 불행한 기억으로도 살아요. 상실과 폐
허의 힘으로 말입니다."⁂

◦ 정희진, 《페미니즘의 도전》, 교양인, 2005
◦◦ 이금이, 《유진과 유진》, 밤티, 2020
⁑ 엘렌 베스·로라 데이비스, 《아주 특별한 용기》, 이경미 옮김, 동녘, 2012
⁑ 김언수, 《캐비닛》, 문학동네, 2006

2부

우리는 서로를
포기하지 않았다

나는 아니를, 아니는 생을,
우리는 서로를 포기하지 않았다.

이 글은
우리 집 고양이가 썼습니다

사람 보는 눈이 있는 고양이는 아니었다. 내가 알기로 우리 고양이가 인간에게 제일 처음 얻어먹은 식사는 프라이드치킨이었다. 나쁜 사람은 아니었다. 빽빽 울면서 다리 사이로 제 몸을 붙이는 작은 생명을 지나치지 못하는 이였다. 다만 사랑하려는 노력을 '굳이' 하지 않는 사람이기도 했다. 나와 다른 존재의 입장에서 그에게 무엇이 좋은지를 살펴보는 마음, 무엇을 원하는지 궁금해하는 마음은 없었다. 대상이 고작 '짐승'이었기 때문이다. 그의 원룸에서 프라이드치킨을 얻어먹은 고양이는 며칠 후 그이 부모님 집이 있는 강릉으로 갈 예정이었다.

그즈음 나는 집에 매일같이 크고 작은 화분을 들이는 것으로 분풀이를 하고 있었다. 작은 베란다에 화분이 열 개 스무 개 하염없이 늘어나는 걸 의아해하는 동거인에게 '나만 없어 고양이'라며 집요하게 굴었다. 밤마다 SNS와 고양이 카페에서 추린 길고 긴 입양 목록을 읊어 댔다. 동거인은 꿈쩍도 하지 않았다. 그는 고양이와 살아 본 사람, 그리하여 고양이가 '독립적인 동물'이라는 세간의 환상이 얼마나 허상인지 아는 사람이었다. 집에 머물 틈 없이 바빠 전기료가 한 달에 고작 5400원 나오는 사람은 고양이 키울 자격이 없다며 제법 단호했다. 내 말에 반대라곤 좀체 하지 않는 사람이 보인 낯선 반응에 더 부아가 났다.

동거인이 세운 벽은 예상치 못한 곳에서 무너졌다.

점심을 먹다가 회사 동료가 간밤에 '냥줍'한 사실을

알게 됐다. "뭘 줘야 할지 몰라 먹다 남은 치킨을 줬다"는 동료의 말을 그냥 지나치지 못했다. 식사를 하는 둥 마는 둥 마친 동거인은 근처 동물병원에 들러 캔과 사료를 샀다. 그다지 친하지도 않은 동료의 집으로 향했다. 고양이 밥이나 제대로 먹일 생각이었다. 화장실 놓을 자리를 봐 주고, 키우는 법을 조언해 주려고 했다. 동료는 심드렁하게 답했다. "부모님 집에 데려다 놓으면 마당에서 밥은 얻어먹겠죠. 아, 형이 데려가실래요?" 귀로 듣는 사연과 눈앞의 사연은 그 무게가 달랐다. 그는 고양이와 살아 본 사람, 그리하여 마당냥의 운명을 아는 사람이기도 했다.

문자 메시지로 사진 한 장이 도착했다. 뭔지 몰라서 한참 들여다봤다. 한 줌이나 될까 싶었다. 먼지 뭉치처럼 보였다. 작은 고양이였다. 첫 느낌은 '못생겼다'였다. 시간 차이를 두고 온 문자는 "데리고 갈까?"였다. 그제야 사진의 의미를 눈치챘다. 궁금한 것이 많았지만 묻는 사이에 그가 마음을 바꿀까 봐 잽싸게 답을 보냈다. "당연하지." 사진을 이리 늘리고 저리 키워 꼼꼼히 살펴보는 잠깐 사이 마음을 빼앗겼다. 그가 고양이를 집으로 데리고 오기 위해 이동장을 사고 렌터카를 빌리는 동안, 나는 화장실과 사료를 사기 위해 퇴근을 서둘렀다.

강릉에서 마당냥으로 키워지며 제 수명보다 짧게 살고 죽었을지 모를 고양이가 여러 우연이 복잡하게 작용해 2017년 여름, 우리 집으로 왔다. 집에 도착해 이동장을 내려놓자마자 원래 제집이었던 듯 주저 없이 내 다리사이에 풀썩 자리 잡는 고양이를 보며, 사랑에 모양이 있다면 고양이처럼 생겼을 거라고 나는 확신했다.

장거리 이동에 고단했던지 배를 드러내고 깊이 잠든고양이 옆에서 우리는 잠들지 못했다. 무엇보다 이름을 정하는 일에 골몰했다. 오래 고민하지는 않았다. 내내 품고 있던 이름이 있었다. 훔친 이름이다. 신문을 읽다가 오려 둔 구절 속에서 나는 우리 고양이의 이름을 골랐다.

김승일 = 어느 날, '내가 이해력은 좋은데 아는 것
뿐이구나, 살아가는 법을 모르는구나'라고 생각
하면서 시가 확 변했습니다. '나는 너다, 나는 보
여 주기 위해 쓸 거야, 다른 사람을 사랑하기 위해
서 쓸 거야'라고 생각한 거죠. 제가 미래의 딸 이
름을 '아니'라고 지어 놨어요. "네 이름이 뭐니?"
"아니예요" "이름이 뭐냐니까?" "아니라니까요"
(……) 그런데 이런 부정성이 있으려면 먼저 인정
이 있어야 하는 걸 알게 된 거죠.

- "박성준 '시는 고통' 김승일 '아니, 소통'" 〈경향신문〉, 2012년 5월 6일

존재가 있어야 부정도 할 수 있다는 말, '아니'라는
이름 안에 담긴 분명한 존재감은 우리의 삶을 바꿨다.
그해 여름, 불쑥 내 삶에 연루된 고양이 '아니'는 여러
모로 내 삶을 흔들었다. 고양이에 관해 쏟아져 나온 온
갖 책들 중에서도 《거실의 사자》는 고양이를 둘러싼
흥미로운 과학적 사실로 가득한 책으로 매우 각별했

다. 과학 저술가인 저자는 자신이 기르는 이기적이고 식탐 많은 고양이 '치토스'에게 헌신하는 스스로에 대해 의문을 품는다. 그날 이후 고양이와 인간의 관계를 탐구하기 시작한다. '고양이의 용도'라는 파일까지 만들어 사례를 수집했지만 결론은 하나였다. 고양이는 실용성을 초월하는 존재라는 것. 정말 아무것도 하지 않는다는 사실만 확인할 수 있었다.

그에 따르면, 매일 밤 울면서 인터넷 검색창에 '무는 고양이' '고양이 입질' 같은 단어를 입력하곤 하던 나는 쓸데없는 일을 한 셈이었다. "어떤 연구에 따르면 고양이의 거의 절반이 주인을 할퀴거나 깨문다고 한다. 개가 그랬다면 어땠을지 상상도 할 수 없다. 고양이가 난폭한 행동을 하는 가장 흔한 상황은 쓰다듬거나 놀아 줄 때였다." 안심은 적절한 단어가 아닐 수 있지만, 사실이 그랬다. 나의 고양이만이 난폭한 것은 아니라니, 나는 깊이 안심했다. 이렇게까지 무언가를 강렬히 그리고 속속들이 '알고 싶다'는 생각이 들게 하는 존재는 이전에도 없었고 앞으로도 없을 것이었다.

의젓하게 첫 진료를 마치고서야 성별과 나이를 '짐작'했다. 3개월 추정, 남아, 1.6kg. 그보다 우리를 더 놀라게 한 것은 조금 불편하겠거니 생각한 왼쪽 뒷다리 상태였다. 신나게 뛰어노는 걸 보고 안심했던 터였다. 고양이는 '약점'이 될 수 있는 자신의 건강 상태를 쉬이 노출하지 않는다고 했다. 수의사가 화면에 띄운 엑스레이 사진에는 아주 어릴 적 골절된 걸로 추정되는 뼈가 여러 조각으로 부서져 있었다. 수술이 어려워 절단해야 할 수도 있다고 했다. 예후를 장담할 수 없는데다, 기백만 원이 예상되는 병원비 때문에 수의사는 수술을 권하지 않았다. 이 작은 목숨의 운명이 우리의 재정 상태에 달려 있었다.

오래 고민하지 않았다. 만기가 가까운 적금 통장을 깨는 데 아깝다는 생각이 전혀 들지 않는 경험은 내게도 생경했다. 아니는 작은 몸으로 네 시간에 걸친 큰 수술을 잘 견뎠다. 나는 아니를, 아니는 생을, 우리는 서로를 포기하지 않았다. 조각난 뼈를 다시 맞추고 여덟 개의 핀을 꽂아 고정한 다리 덕분에 아니는 '철의 고양이'로 거듭났다.

2022년 여름에 아니는 여섯 살이 되었고, 수년간 6kg을 간신히 넘지 않으며 비만의 경계에 있던 몸무게는 최근 정기검진 확인 결과 6.3kg으로 늘었다. 수의사는 아니가 먹는 사료 브랜드와 간식의 종류, 급여 양을 꼼꼼히 묻고 받아 적었다. 무게가 늘수록 핀으로 고정해 둔 다리에도 부담이 갈 터였다. 다이어트 사료를 먹게 됐다. 먹는 양을 체크하기 위해 들인 자동급식기는 고양이가 밥을 먹으면 알람을 휴대전화로 보낸다. 식사 후 알람은 몇 가지 버전이 있는데 '밥 먹었어! 밥 사쥐서 고마워'라는 메시지를 받은 날 나는 그만 울어버렸다. "소통에 과하게 의존하는 습성 탓에 인간은 고양이에게 착취를 당하기 딱 좋다"• 더니 내가 딱 그 꼴이었다.

살아 움직이는 무언가를 기르는 일은 전전긍긍을 동반한다. 그것이 고양이라고 해서 다르지 않았다. 나는 약하고 작은 존재인 아니와 함께 살면서 어린 사람과 함께 사는 타인의 기쁨과 보람과 고단함을 더 깊이 이해하게 됐다. 사랑은 피곤을 동반한다는 것을, 그리고 그것을 기꺼이 감당하는 일임을 배웠다.

　하지만 사람을 기르거나 길렀던 이들은 그 같은 비교를 달가워하지 않았다. 인정을 구하지 않았는데, 인정하지 않았다. 비인간 존재에 대한 나의 배움과 애정은 쉽게 열등한 취급을 받았다. 고양이를 기르는 사람들, 특히 여자들, 그중에서도 아이를 낳지 않은 여자는 피할 수 없는 질문 앞에 선다. "그 마음으로 사람 아이를 키우라"는 말. 나는 아이를 낳아 기르는 일을 폄하하지 않으면서 적절한 대답을 찾고 싶었다. 먼저 고민하고 경험한 사람의 이야기를 찾아 헤맸다. "고양이를 돌보다 보면 더 나은 사람이 되고 싶어"지는 사람이 당연하게도 나뿐만은 아니었다. 통영에서 '고양이쌤 책방'을 운영하는 김화수 씨의 이야기에 나는 깊이 마음을 포갰다.

나도 한때는 사람 돌보는 거나 동물 돌보는 거나 같은 마음일 거라고 생각한 적이 있다. 그런데 지금은 아니다. 사람과 동물은 다르다. 사람을 키운다는 것은 미래지향적이다. 우리는 그 아이가 무언가가 되어 가기를 기대할 수밖에 없다. 공부 잘하는 사람, 재능이 뛰어난 사람, 돈 잘 버는 사람, 꼭 그런 게 아니라도 보통의 시민으로 제 몫을 하며 살아갈 수 있기를 기대하고, 그렇기에 때론 다그칠 수밖에 없다. 그런데 동물은 그렇지 않다. 그저 내 곁에 있어 주기만을 바랄 뿐이다. 지금 이대로, 매일매일 똑같기를 기대한다는 점에서 동물을 돌본다는 것은 현재지향적이다. **

나 역시 아니를 통해 '현재'를 산다. 무엇보다 내가

구한 줄 알았던 고양이는 나를 구했다. 불현듯 암 환자가 되었을 때 특히 그랬다. 지독하게 이어지는 치료에 차라리 죽고 싶은 마음이 들 때면 나는 간신히 아니를 떠올렸다. 그리고 아니의 남은 시간을 세어 보곤 했다.

우리는 기적 같은 '완치'라는 단어를 좋아하지만, 암은 완치되지 않는다. 비관할 일이 아닌 의학적 사실일 뿐이다. 다만 진단 이후 5년 이상 생존한 환자는 병증이 호전되는 기간을 의미하는 관해기remission에 접어드는 것으로 본다. 5년 이상 살면 무엇이 좋은가. 골몰하는 사이 아니가 내게 다가와 제 머리를 콩콩 들이밀며 부볐다. 고양이의 '헤드 번팅'은 집사에게 자신의 페로몬을 묻히는 것으로, 집사를 자기 영역이라고 선언하는 애정 표현이다. 내가 병과 함께 5년을 버티면 우리 고양이는 아홉 살이 된다. 오래 사는 고양이는 스무 살까지도 살 수 있다고 하니, 아마도 자기 생의 절반쯤 되는 나이가 되는 셈이다. 생각이 거기까지 미치는 날이면 나는 가라앉는 몸과 마음을 일으키기 위해 애쓸 수 있었다. 아니를 마지막까지 내 손으로 책임지고 싶다는 생각은 부족한 '생의 의지'를 앞질렀고, 끝내 나를 구했다.

고양이는 내가 선택한 또 다른 가족이다. 《27-10》의 주인공에게도 그랬다. 《27-10》은 가정 내 성폭력 생존자가 스물일곱 살이 되어 비로소 자신의 상처를 직면하는 이야기다. 처음 피해를 입었던 열 살의 '나'로, 스스로를 지키기에는 작고 약했던 어린아이 시절을 돌아보는 구불구불한 길을 그린 만화다. "고통의 시작은 타의였지만 결말은 스스로 내기로"⋮ 결심한 주인공에게 과거를 돌아보는 일은 반드시 필요했지만, 겨우 묻어 둔 상처를 헤집는 일이기도 했다. 하지만 다행히 스물일곱의 그가 새로 만든 생활 안에는 고양이가 있었다. 벌어진 상처 틈으로 자꾸만 추락하는 주인공을 커다란 고양이가 별일 아니라는 듯 받쳐 주는 장면에서 나는 가장 많이 울었다. 주인공은 "일정

이상 가라앉지 않도록 부드럽게 받쳐" 주는 존재를 통해 "난생처음 겪는 감정"을 느낀다. ❋ 그림 속 고양이는 인간의 슬픔을 신경 쓰지 않는다. 충분히 슬퍼할 수 있도록 자신의 공간을 내어 주되, 스스로 극복할 수 있도록 개입하지 않는다. 고양이의 어떤 무심함이 사람을 살린다는 걸 나는 안다.

따로 자던 고양이가 이불 속으로 들어오면 그때부터 가을이다. 사람이 없는 집에도 고양이는 있기 때문에 한여름에는 에어컨이, 한겨울에는 보일러가 쉬지 않고 돌아간다. 나는 더는 전기료 5400원을 내던 가구원이 아니다. 무엇보다 고양이 몸에서 가장 추워 보이는 귀가 따끈따끈하면 마음이 누긋해진다. 나는 잠든 고양이의 귀 끝을 조심스레 쓰다듬는다. 특히 고양이 귀 끝 주름을 만질 때면 초보 집사 시절이 떠올라 매번 웃는다. 고양이 귀 끝은 마치 찢어진 것처럼 보인다. 초보 집사였던 나는 매끈하지 않은 고양이 귀가 찢어진 거라고 생각하고 울면서 병원에 간 적이 있다. 인간이 있든 말든 침대 위로 올라와 가로로 길게 누워 버리는 고양이를 볼 때면 '역시 잘 키웠다'고 생각한다. 나는 내고양이가 이렇게 제멋대로인 것이 안심이 된다. 많은 일이 일어나지만 제대로 한 일은 없는 긴 하루들의 반복 속에서 나는 자주 일을 좋아하는 건 역시 조금 슬프고 쓸쓸하다고 여긴다. 그런 삶이지만 고양이와 누울 수 있는 하루 몇 시간 덕분에 버틴다. 40년을 심리치료사로 일했던 메리 파이퍼는 《나는 내 나이가 참 좋다》에서 "고양이와 함께 잠드는 경험은 와인 세 잔에 해당하는 진정 효과가 있다"ᆢ라고 쓴다. 덧붙이는 말까지 이어 읽어야 한다. "내가 방금 지어낸 말이지만, 내 경험상 충분히 맞는 말인 것 같다."ᆢ

]WWWWWWWㅅㅎㅎㅎ

ㅎㅎㅎㅎㅎㅎㅎㅎㅎㅎㅎㅎㅎㅎㅎㅎㅎㅎㅎㅎㅎㅎ
ㅎㅎㅎㅎㅎㅎㅎㅎㅎㅎㅎㅎㅎ 그 말에 깊이 동의
한다고 쓰려는 순간, 아니가 나를 비웃으며 노트북 자
판 위를 지나갔다.

* 애비게일 터커, 《거실의 사자》, 이다희 옮김, 마티, 2018
** 김화수, 《냥글냥글 책방》, 꿈의지도, 2021
*: AJS, 《27-10》, 위즈덤하우스, 2019
:: 메리 파이퍼, 《나는 내 나이가 참 좋다》, 서유라 옮김, 티라미수 더북, 2019

누구나 특별한 사람을
가질 권리

어쩌다 보니 지금은 기혼자가 되었지만, 결혼하지 않았다면 마흔 즈음에 파티를 열 계획이었다. 파티의 이름도 진작 정해 둔 터였다. '혼자라도 괜찮아, 당신들이 있잖아.'

그동안 뿌린 축의금을 회수하는 이벤트랄까. 마흔까지 살아온 나를 격려하고, 비혼으로 사는 것도 썩 괜찮다는 걸 전시하겠다는 야심 찬 계획이었다.

결혼 제도 안에 편입된 건 결혼식을 치르고도 한참 후였다. 알면서도 모른 척, 미루고 미루다 제도 안에 진짜로 편입됐을 때, 그 일은 그 문서에 적힌 그대로 '사건'이었다. 짝꿍이 들고 온 혼인신고 증명서에는 '사건명: 혼인신고'라고 적혀 있었다. 우리는 이제 헤어지려면 법정을 가야 하는 몹시 귀찮은 사이가 되어 버렸다.

따지고 보면 고작 4만 원 때문이었다. 짝꿍은 공무원 조직 안에서 일하는 비정규직이다. 결혼을 증명하는 문서를 가져가면 가족수당 4만 원을 추가로 받을 수 있었다. 나는 이상하고 섭섭한 마음을 애써 돌려 말했다. "가족수당 4만 원 때문에 혼인신고를 하자고 말하지 말고, 좀 더 근사한 핑계를 대 줬으면 좋았을 텐데. 어쨌든 결혼을 정식으로 축하해."

마지막 말은 내가 나에게 해 주는 이야기이기도 했다. 그렇게라도 위로를 받고 싶었다. 온갖 수선을 떨며 가족 결혼식도 하고, 친구들과 결혼 파티도 따로 하고, 신혼여행이라는 걸 다녀오고, 같이 살면서도 결혼이 실감 나지 않았던 터였다. 그 어떤 형식보다도 '법적 구속력'이라는 게 생각보다 대단하구나, 실은 조금 감탄했다. 하지만 '증빙'하지 않는 이상, 그놈의 복지 혜택마저도 받을 수 없다는 건 역시 이상했다. 4만 원을 복지라고 불러도 좋을지에 대해서도 여전히 의문이다.

결혼은 당연한 걸까. '이혼해서는 안 된다' 따위 쉽게 장담할 수 없는 것들을 서약해야 하는 자리에서 나는 가족식 혼배미사를 도와준 신부님에게 이렇게 말했다. 결혼을 아주 대단한 일이라고 생각하지 않고, 해 보고 아니면 그만둘 수도 있는 인생의 '과정' 중 하나로 생각한다고. 되도록 실패하지 않으면 좋겠고 이를 위해 노력하겠지만, 이 관계의 결말이 좋지 않다고 하더라도 그 실패가 내 인생을 흔들도록 두지는 않을 거라고. 그래서 신부님의 질문에 대답할 수 없다고.

'비혼'을 자처했지만 혼자 살 생각은 아니었다. 어느 날은 단신 기사 하나가 나를 하루 종일 옭아매기도

했다. 집에 혼자 있다가 로봇 청소기에 머리카락이 낀 55세 여성이 119를 불렀다는 내용이었다. 그분이 기혼인지, 비혼인지, 기타 등등 짧은 기사에 세세한 정보가 담기지는 않았지만 나에게는 '혼자 있다가' '혼자 있⋯⋯' '혼자⋯⋯' 라는 글자만 엄청 크게 보였다. 결혼을 하지 않겠다는 게 혼자 살겠다거나, 아무와도 관계를 맺지 않겠다는 건 아닌데. 짝꿍과 결혼 전 동거를 하면서 품었던 질문도 그런 거였다. 당신과 함께 사는 방법이 꼭 한 가지, '결혼'이어야만 할까? 연애 이후의 삶에 대한 우리의 상상력을 억제하는 건 뭘까?

《계속해보겠습니다》의 주인공 소라나 나나가 나와 같은 질문을 던졌을 것 같지는 않다. 하지만 그들은 가족이라는 공동체를 해체시킴으로써 오히려 확장해 나간다. '다양한 모양의 가족'에 대한 일말의 가능성을 보여 주면서.
가장 인상적인 장면은 혼전 임신을 하게 된 나나가

결혼을 약속한 남자 모세의 집에 인사를 하러 갔을 때다. 나나는 모세의 집 화장실에서 오래됐지만 잘 닦여 반짝반짝한 요강을 발견한다. 모세의 집에는 화장실이 두 개나 있었다. 요강이 딱히 필요하지 않은 집이라는 얘기다. 모세에게 물어보니 아버지가 쓰시는 거라고 했다. 아버지는 요강이 필요한 '환자'도 아니다. 아버지가 쓰지만 한 번도 아버지 손으로 비워 본 적 없는 요강. 그때부터 나나는 요강 생각에 사로잡힌다.

모세 씨는 나하고 틀림없이 결혼할 생각인가요.

네.

아이가 있으니까?

그게 수순이기도 하고요.

수순요?

당연한 것 아닌가요?라고 되묻는 모세 씨에게 당연하지 않아요, 라고 답했습니다.

나는 모세 씨하고 결혼할 생각이 없어요.

파혼은 '요강'에서 출발했다. 모세는 '가족'이기 때문에 어머니가 아버지의 요강을 치우는 걸 괜찮다고 생각한다. 그런 가족이라면 하지 않겠다고 나나는 생각했고, 실천에 옮겼다. 나나에게는 '함께' 엄마가 되어 줄 언니가 있었고, 어린 시절부터 울타리가 되어 주었던 '동네 오빠' 나기가 있다.(나기는 동성애자다.) 그렇다면 이것은 왜 가족이 아니란 말인가. 덧없고 하찮지만 그렇다고 해서 소중하지 않은 것은 아닌, 조금은 느슨한 운명 공동체. 나는 그 '식구'의 모양이 무척이나 마음에 들었다. 엄마, 아빠, 아기로 이루어지지 않았기에 제도는 부정하고야 말 그런 가족. 그러나 "당신이 상상할 수 없다고 세상에 없는 것으로는 만들지 말"·아야 할, 그 무엇.

아기는 괜찮아. 이모가 있으니까, 괜찮아.
……싫으면서. 아기 같은 건 싫다고 생각하고 있으면서.

121

그러네, 싫어.

그것 봐.

하지만 처음부터 무조건적으로 좋은 것도 미심쩍으니까. 그러니까……

정상가족 이데올로기는 그 안에 포함된 사람은 물론이고 벗어난 사람에게도 특정 삶의 형태를 강제하는 방식으로 영향력을 미친다. 무엇보다 이성애 핵가족으로 상상되는 전형적인 생애 모델은 통계상으로도 더는 유의미하지 않다. 이른바 가족 하면 흔히 떠올리는 4인 가족 형태는 절반도 되지 않는다. 통계청에 따르면 서울의 소형 가구 비중은 2035년 전체 가구의 68%에 이를 것으로 예측된다.

생애 주기가 길어지면서 다양한 결합을 경험하며 살 가능성도 이전보다 높아졌다. '정상가족'으로 엮이지 않으면서 함께 살기를 고민하고 시도하는 여러 실험들 역시 계속되고 있다. 그런 관계에서 가장 높은 허들은 결국 제도다. 국민의 삶이 변해 간다면 국가도 응당 그 변화에 응답해야 하는데 현실은 그렇지 못하다.

결혼도 다수가 선택한 제도와 관계 맺기일 뿐인데 왜 유독 '우월한' 선택이 되는 걸까. 여타 다른 제도도 마찬가지지만 결혼이 불완전한 제도임은 혼인신고, 동성혼 불허, 이혼 숙려 등 결혼 유지를 위한 보완적인 제도를 운용하는 데서도 잘 드러난다. 사람들에게 다양한 선택지가 있다면 어떨까. 그리고 그 선택지들이 사람들의 삶을 보호해 줄 수도 있다면. 결혼뿐만이 아니라 다양한 돌봄 관계들이 제도의 혜택을 받을 수 있게 설계할 수도 있지 않을까.

'힌트'가 없는 것도 아니다. 《스웨덴이 사랑한 정치인, 올로프 팔메》를 읽으면서 가장 인상적이었던 건 두 번에 걸쳐 총리를 지낸 그가 첫 번째 임기였던 1971년 도입했다는 부부 개별 세금 제도였다. "제도의 수혜자가 성별에 상관없는 개인이 되도록" "가족 기준으로 디

자인되어 있던 기존 제도를 개인을 기준으로"●● 설계
했다. 따지고 보면 결국 결혼의 위기가 아니라 제도의
위기다. 변한 사회 · 문화 · 경제적 조건을 제도가 뒤따
라가지 못하고 있다.

기존 법과 제도가 다 끌어안지 못했기에 아직 이름
붙일 수 없는 관계는 그만큼 다양하고 많아졌다. 영
국의 사회학자 데이비드 모건은 1980년대 영국의 가
족 전반을 연구한 저서 《가족의 탐구》에서 가족 개념
을 재정의한다. "가족은 거주지, 혈연, 법체계에 의해
정의된 고정된 범주나 구조가 아니다. 사람은 복잡하
고 유동적인 사회에서 살기 때문에 가족은 구성원들
에 의해 이루어진다."●● 데이비드 모건은 가족의 핵심
으로 친밀성과 돌봄, 경제적 부양을 꼽는다. 그리고 이
세 가지는 일상적이고 반복적으로 이뤄지는 활동이지
만 구성원 간 상호작용에 따라 얼마든지 변할 수도 있
다고 본다. 가족은 '되는 것'이 아니라 '하는 것(doing

family)'이라는 관점으로 전환할 것을 요청하는 이 제안은 이후 가족사회학 연구를 확대하는 데 기여한다. 인구 통제의 관점에서 가족을 '인정'해 왔던 국가가 아닌, 가족을 '구성'하는 개인으로 논의를 돌려놓는 기획이기 때문이다.

19대 국회를 취재하면서 만난 진선미 의원(더불어민주당)은 남편을 '오래된 남자친구'라고 불렀다. 대학교 1학년 때 만난 복학생 선배였던 남자친구는 "호주제가 바뀌면 그때 혼인신고를 하자"라던 진 의원과 생각을 함께해 주었다. 진 의원이 19대 국회에서 발의한 법이 있다. '생활동반자법'이다. 프랑스의 '공동생활약정법(PACS)'과 비슷한 내용을 담고 있다. 꼭 결혼이 아니어도 누구나 '특별한 사람'을 가질 수 있게 하는 법이다. 결혼 중심 복지 제도를 개인 중심으로 전환시켰다. 결혼처럼 일정한 법률적 보호가 가능하도록 관련 세제를 개정하자는 게 요지다.

생활동반자법은 다양한 가족 구성을 가능하게 한다는 점에서 동성혼 합법화보다 더 급진적인 의제가 될수 있다. 분명한 한 가지는 "제도는 자유를 위해 존재"한다는 점이다.

> 제도가 금지의 형태를 갖는 것은 다른 이의 자유로운 삶을 훼손하지 않고 지속 가능한 자유를 누리도록 하기 위함이다. 금지 자체가 제도의 목적이어서는 안 되며, 개인이 그려 나가는 삶의 지도를 국가가 대신 그려 줄 수도 없다. 더욱 다양한욕망으로 다양한 관계로 가족을 꾸리려고 할 때, 제도는 욕망을 실현할 수 있는 최선의 방법을 찾아 나가야 한다.⁚⁚

정상가족은 오늘날 파산 선고를 받았다. 하지만 다양한 상상력은 아직 법과 제도의 이름으로 도착하지못했다. 그 거친 틈을 비집고 들어온 '새로운 가족'은 복잡한 맥락 안에서 오늘도 분투하고 있다. 영화 〈가족의 탄생〉(2006)에서 가족은 곧 식구食口다. 함께 밥을 먹는 사람. 식구가, 가족이 꼭 혈연일 필요는 없다고, 나이와도 상관없다고 영화는 말한다. 정상가족 이데올로기를 뛰어넘자고 말하는 이 작품이 벌써 20여 년 전 영화다. 이동진 평론가는 "오래도록 기억되고 인용될 영화"라고 평했지만, 생활동반자법은 그 오랜 인용을 끝내는 법이 될 것이다.

"생활동반자법이 통과되면 그때 혼인신고하자"라고 좀 더 강하게 밀어붙이지 못한 그 어느 날의 나를 더는 자책하지 않는다. 하지만 이 법이 통과된 이후를 상상하면 기분이 좋아진다. 그 법의 너른 우산 아래 근사하게 손을 맞잡고 살아가는 다양한 모양을 한 사람들의 안녕이 결국 나와 우리의 미래일 테니까. 그때, 이 땅의 소라도 나나도 나나의 아기도 나기도 조금은 더 안녕할 테니까. 언제나처럼 가을과 여름이 오면 함께 김치를 담그고 남은 김치로 만두를 만들어 먹을, 그 식구들 말이다.

황정은, 《계속해보겠습니다》, 창비, 2014

하수정, 《스웨덴이 사랑한 정치인, 올로프 팔메》, 후마니타스, 2013

데이비드 모건, 《가족의 탐구》, 안호용 옮김, 이학사, 2012

황두영, 《외롭지 않을 권리》, 시사IN북, 2020

우리, 같이
망해 볼까요?

전혀 의식하지 못하고 있었다. 나 역시 마주 걸어오는 사람에게 '자연스럽게' 길을 피해 주는 쪽이었다. 실험을 해 본 건 《비바, 제인》 속 한 장면 때문이었다.

소설 속에서 루비는 웨딩플래너인 엄마 제인과 엄마의 고객 프래니와 함께 팔짱을 끼고 걷는 중이었다. 세 사람이 나란히 대형을 유지한 채 걷기가 쉽지 않았다. 사람들이 지나가면 비켜 주곤 했기 때문이다. 루비는 이렇게 말한다. "그거 알아요? 남자의 90퍼센트가―사람의 90퍼센트인가? 기억이 안 난다―마주 걸어올 때

길을 비키지 않는데요. (……) 어쨌든, 난 언제나 사람들이 오면 길을 비키는데, 지금 보니 프래니와 엄마도 그러네요. 근데 궁금해요. 내가 안 비키면 어떻게 될까요?"• 그래서 프래니가 '어떻게 될지' 실험을 해 보기로 한다. 허리를 쭉 펴고 당당하게 걷기 시작한 지 채 1분도 안 되어 비즈니스 정장 차림의 남자가 프래니를 마주보며 걸어왔다. 남자가 코앞 30cm까지 다가온 순간 결국 길을 비킨 건 프래니 쪽이었다. 루비는 울상 짓는 프래니를 위로했다. 세상엔 "길을 비키는 사람이 몇 퍼센트는 있어야 할 거예요."• 길을 비키는 사람이 약한 건 아닐 거라고, 그저 다른 사람들이 무신경한 거라고 셋은 애써 서로를 위로한다.

소설 속 루비, 제인, 프래니 그리고 현실의 나는 왜 조심하거나 배려하는 사람이 됐을까. 우리가 생물학적으로 '여성'인 건 우연일까. 걸음마를 시작하면서부터 '조심하라'는 당부를 듣고 자랐다. 그 결과 내게 무슨 일이 생기면 그건 다 내가 조심하지 않아서 생긴 일이 됐다. 누가 뭐라고 하지 않아도 "나 때문일까" 먼저 자책했다. "좀 조심하지"라는 타인의 말에 담긴 염려를 모르지 않지만 그건 따져 보면 '내 잘못'이라는 소리였다. 조심하고 또 조심해도 사고는 생겼고, 살아갈수록 '살아남았다'는 감각만 자꾸 선명해졌다. 그저 운이 좋아서라고 밖에는 설명할 수 없는 일들이 자꾸만 삶에 쌓였다. 강화길의 소설 《다른 사람》을 읽다가 이 문장 앞에서 한참을 떠날 수 없었던 것도 그 때문이었다.

> 우리는 여자애들이었다. 해도 되는 것보다 해서는 안 되는 것들을 더 많이 배운 여자애들. 된다는 말보다 안 된다는 말을 더 많이 듣고 자란 여자애들.**

2016년 5월 17일 '강남역 사건'이 발생한 주에 휴가 중이었다. 밤늦게 인천공항에 도착했을 때 후배의 다정한 문자가 도착했다. "선배, 늦게 다니지 말아요." 나는 이렇게 답했다. "아니야, 여자도 늦게 다닐 수 있고, 그래도 안전해야 한다고 계속 주장해야지. 우리가 숨으면 안 돼." 그렇게 답하면서도 서울의 공기가 목을 조여 왔다.

대학시절 페미니즘을 만나면서 나는 나와 내 주변 여성들에게 벌어진 일에 대해 설명할 언어를 얻었다. 페미니즘은 내게 입이 되어 주고 목소리가 되어 주었다. 그러나 '안다'는 것은 기쁨인 동시에 외면하고 싶은 고통이었다. 페미니스트로 스스로를 '적당히' 정체화하고 10년 넘게 살아온 나 역시 강남역 사건으로 많은 것이 변했다. 무엇보다 내 뒤에 오는 여성들이 나보다는 덜 울퉁불퉁한 길을 걷길 바라게 됐다. 그러려면 지금 내 몫으로 주어진 싸움을 피해서는 안 됐다.

《비바, 제인》 속 주인공 아비바 그로스먼은 사랑에 빠진다. "그 사람처럼 좋은 남자는 내 생에 두 번 다시 만나지 못할 거예요."◦ 유복한 가정에서 자란 사랑받는 딸, 정치에 야망을 가진 이 똑똑한 20대 초반의 여성을 사로잡은 건 유력 대선후보로 점쳐지는 하원의원이었고, 유부남이었다. "성인 남자이자 교육자라면 제 고추를 바지 속에 갈무리해 두는 법을 알아야"◦ 하는 법이건만 도무지 그럴 생각이 없는 인간이기도 했다.

우리는 이 이야기가 어떻게 흘러갈지 충분히 예상할 수 있다. 스캔들이 밝혀지며 아비바는 회복할 수 없는 자리로 추락한다. "난 걸레고, 그건 무죄를 받아 낼 수 없어."◦ 아비바는 학교를 다닐 수도, 새로운 직장을 구할 수도 없다. 이름을 바꾸고 부모를 떠난다. 아비바는 제인이 된다. 자신을 아는 사람이 없는 곳에서 딸 루비와 함께 이전과는 완전히 다른 삶을 시작해야 했다. 물론 같은 실수를 하고도 남자는 아무것도 잃지 않았다.

지역의 '큰 손'인 모건 부인은 어느 날 갑자기 자신의 동네로 흘러온 싱글맘 제인을 눈여겨본다. 몇 년간

지근거리에서 제인을 살핀 모건 부인은 그가 아비바임을 확신한다. 모건 부인은 '알면서' 돕는다. 제인을 시장 후보로 만든다. 제인의 과거는 상대 후보에게 좋은 먹잇감이었다. 물론 모건 부인은 흔들리지 않는다. "과거 없는 사람도 있나? 누굴 죽였어? 애를 학대했어? 마약을 팔았어? (……) 나는 사람들한테 판돈을 걸고, 특히 똑똑한 여자들한테 걸지. 이번 건 제인의 입문용 선거야—그 스캔들을 걷어치우는 용도지. (……) 이번 선거에서 지면 또 나오면 돼. 좀 더 큰 선거에 도전할 거야."•

우리는 여자애들이 야망을 가질 때 세상이 어떤 방식으로 꺾어 버리고 길들여 왔는지 안다. 그 결과물이 바로 우리고 나니까. 나는 유력 정치인과 바람 난 적 없고, 과도한 사이버 불링을 당한 적도 없지만 정도의 차이일 뿐 비슷한 일을 무수히 겪으며 깎여 나가고 작아졌다. 실수나 실패로 내 인생이 끝나는 게 아니라는 걸 깨닫는 데 너무 많은 시간을 허비했다. 《페미니즘을 팝니다》의 저자 앤디 자이슬러는 성평등을 이렇게 정의한다. "성평등이란 단순히 여성의 지위를 높이는 것이 아니라 여성에게도 커다란 실패를 허용하는 것이다."•• 시장 후보를 뽑는 투표장에 들어간 제인은 자신의 이름에 투표한다. 그 순간 제인은 20대의 자신, 아비바로부터 질문을 받는다.

> "하나만 물어도 될까? 어떻게 그 스캔들을 극복했어?"
> "수치스러워하기를 거부했어."•

그 문장을 읽은 이후 나는 또 한번 달라졌다. 실패나 실수를 이전보다 덜 두려워하게 됐다. '내가 해도 될까' '잘할 수 있을까' '못 할 것 같아'라는 생각을 물리치는 데 저 문장만 한 부적이 없었기 때문이다. 장래희망도 생겼다. 모건 부인처럼 '같이 망해 주는' 사람이 되고 싶어졌다. 실패하고 실수해야 잘하는 방법도 알 수 있게 된다고, 두렵다면 함께 망해 주겠다고, 그러니 우리 더는 조심하지 말자고 손 내밀 수 있는 사람. 그렇게 나이 먹는다면 뒤에 오는 여성들에게 지금보다는 조금 덜 미안할 것 같다.

* 개브리얼 제빈, 《비바, 제인》, 엄일녀 옮김, 문학동네, 2018
** 강화길, 《다른 사람》, 한겨레출판, 2017
*** 앤디 자이슬러, 《페미니즘을 팝니다》, 안진이 옮김, 세종서적, 2018

여러 개의
진실 앞에서

태어나기 전부터 종교가 있었다. 세상에 이렇게 많은 종교가 있는데 왜 엄마는 하필 개신교를 택했을까. 왜 나는 내가 선택하지 않은 종교를 믿어야 할까. 다만, 그런 마음이 당장은 크게 불편하지 않았고, 교회 울타리 안의 사람들은 다정했으며, 그때의 나에게는 그 울타리가 필요했다. 나는 '우리'를 벗어나는 방법을 몰랐다. 내가 할 수 있는 일은 나의 연약한 믿음을 탓하며 기도하는 일이었다. 의심하지 않는, 흔들림 없는 사람들의 믿음과 맹목이 부러웠다.

서울에 올라와 몇 군데의 교회를 거쳐 엄마가 정착한 '세계에서 가장 교인이 많은' 대형 교회는 사람 수만큼이나 잡음이 많은 교회였다. 그 잡음의 중심에는 대부분 담임 목사와 그 가족이 있었다. 비리가 만천하에 방송된 후에도 사람들은 담임 목사와 교회를 위해 기도했다. 교인들은 교회에 대한 비판을 자신에 대한 공격으로 받아들였고, '우리'의 고난을 서로 위로하느라 바빴다. 해당 교회를 비판해 왔던 방송사인 'MBC 시청 거부' 문구가 적힌 스티커가 엄마의 성경책에, 동료들의 성경책에 붙는 모습을 보고 조금 휘청였다. 그즈음, 안에서 목사와 그 가족을 옹위하던 교인들은 밖으로는 '장로 대통령'을 만드는 일에 골몰했다.

보수 개신교 자장 안에서 성장해 진보 기독학생운동 단체에서 활동했고, 〈국민일보〉 기자로 일한 김지방 기자는 2007년 대선을 전후해 품게 된 문제의식을 《정치교회》를 통해 풀어낸다. 종교의 자유와 정교 분리를 규정하고 있는 헌법 20조가 흔들리고 있음을 주목했다. 김 기자에 따르면 반공 투쟁을 경험한 이들이 교회의 주류로 성장한 한국 개신교는 김대중-노무현 민주정부 10년을 거치며 '위기'를 느낀다. 교회는 정치와 적극적으로 공생할 필요를 느꼈다. 교인은 단순한 '표' 이상이었다.

> 매주 적게는 수십 명, 많게는 수만 명이 모이는 교회는 정치적인 관점에서 봤을 때는 지역의 유권자들이 정기적으로 한자리에 모이는, 무시할 수 없는 모임이다. 이전까지는 정치가 교회에 '협조'를 구하고 '동참'을 요구했다면, 이제는 교회의 필요와 요구가 무엇인지 정치가 눈치를 살피게 되었다. 그리고 교회에 충실한 개신교인들이 바로 교회가 가진 정치권력이라는 사실을 깨달은 교회는, 스스로 권력화할 수 있다는 유혹에 서서히 빠져들었다.●

무엇보다 헌법의 정교 분리 원칙이 얼마나 허망한지를 결정적으로 드러내는 장면은 국가조찬기도회다. 대통령을 매해 초청해 종교 행사를 갖는 것은 개신교뿐이다. 대통령을 비롯한 주요 대선 주자 등 정치 지도자를 위해 기도하고 아침식사를 하는 이 모임에는 대통령, 대법원장, 국회의장 등 주요 인사들이 참석해 왔다. 개신교의 세 과시인 셈이다. 서울시장 재직 시절 "서울시를 하나님께 봉헌하겠다"라는 말로 구설에 올랐던 이명박 전 대통령은 2011년 국가조찬기도회에서 바닥에 무릎을 꿇고 기도하며 다시 한번 정교 분리 논란에 불을 지폈다. 문재인 대통령은 종교 형평성을 고려해 임기 중 두 차례만 참석하며 매해 대통령이 참석해 왔던 관례를 깨뜨렸다.

정작 미국 국가조찬기도회 아시아 담당자이자 선교사인 데이비드 보이드는 종교와 예수를 분리해서 설명한다. "종교는 인간이 만든 산물이기 때문에 종교를 전하려 하면 분쟁이 있을 수 있다. 우리는 예수님의 말씀과 행적을 전할 뿐이다. 복음서를 읽어 봐라. 예수님은 언제나 가난한 사람, 여성, 사마리아인, 세리들을 초청했다. 그 자리에 바리새인이나 율법학자 같은 종교인들은 가지 않았다. 종교는 사람을 분열시키지만, 예수님은 사람을 화해시킨다."•

그즈음 내 기도의 내용 역시 달라졌다. 나는 무릎 꿇고 고개를 숙이고 손을 모으는 대신 똑바로 서서 하늘을 올려다봤다. '내 것'만을 구하는 것이 믿음이냐고. 진리가 어떻게 하나뿐일 수 있느냐고. 많은 사람이 거리 위에서 아파하고 있는데 나만 하나님 안에서 즐겁고 기쁘면 되겠느냐고.

교회라는 건물 밖에 '진짜 믿음'이 있다면? 교회에 매주 출석하는 것이 믿음이 아니라면? 나의 질문 역시 자꾸만 교회 바깥을 향해 뻗어 나갔다. 습관으로 믿음을 유지하고 싶지 않았고, 교회 안에서 만들어진 관계 때문에 믿는 '척'을 한다는 사실이 점점 용납하기 힘들어졌다. 앎은 실천되어야 했다. 삶이 내게 준 충동 앞에 똑바로 서자고 마음먹었다.

함께 아동부 교사를 했던 동료 선생 중 한 명은 나를 만류하며 "교회의 문제점을 깨달은 사람들이 교회에 많이 남아 있어야 한다"고 조언했다. 그는 내가 도망가는 거라고 했다. 도리어 그 말이 위안이 됐다. 그의 말처럼 여러 사람들이 겉으로 보이는 것과 달리 사실은 문제를 느끼고 있다면 다행 아닌가. 하지만 나는 그 거대하고 부조리한 조직 안에 남아서 견디고 바꿀 자신이 없었다. 신학박사인 레지 맥닐은 "사람들이 신에 대한 믿음을 잃었기 때문에 교회를 떠나는 게 아니라, 자신들의 믿음을 지키기 위해 떠난다"• 고 지적한다.

백은선 시인은 산문집 《나는 내가 싫고 좋고 이상하고》에서 의심 없이 믿는 것이야말로 '나쁜 것'이라고 적는다. 그는 의심을 '면밀히 살펴보고 검증하는 절차'로 규정한다. 의심이라는 단어가 품고 있는 부정적인 뉘앙스에서 단어를 구해 낸다. 옳고 그름을 쉽게 가릴 수 없는 시절들 속에서, 그럼에도 "하양에 가까운 회색인지 검정에 가까운 회색인지"** 구분하는 것은 중요하다고 강조한다. 천국 아니면 지옥만 있던 지독하게 선명한 세계에서 걸어 나온 나는 무엇이든 예전처럼 함부로 확신하지 않는다. 여러 개의 진실과 사실 앞에서 차라리 무력한 자로 남기를 기꺼이 선택한다.

교회와의 단절은 예상보다 쉬웠지만 그로 인해 생긴 엄마와의 갈등은 쉽게 해소되지 않았다. 내가 조금만 아파도, 내게 조금의 무슨 일이 생겨도, 엄마는 그게 내가 교회에 가지 않기 때문에 받는 '벌'이라고 퍼부었다. 정확히 내가 교회를 벗어난 그 이유로, 엄마는 나를 비난했다. 지긋지긋한 기복신앙이었다. 나는 교회라는 껍데기를 버린 거지 신앙을 포기한 게 아니라는데도 엄마는 이해하려 들지 않았다. 나도 엄마의 '무지'를 나무라며 함께 퍼부었다. 그땐 돌려줄 수 있는 말이 그것뿐인 것 같았다.

말을 배우기 시작하면서부터 성경 구절을 줄줄 외던 딸, 성가대에 서고 아이들에게 성경을 가르치던 딸의 난데없는 변심과 반항 앞에 엄마도 당황하지 않았을까. 교회와 교회 커뮤니티는 엄마에게 예나 지금이나 전부와 다름없었다. 그걸 부정하는 딸은 곧 자신을 부정하는 것 같지 않았을까. 나는 그런 엄마의 괴로움과 상실감을 못됐지만 조금은 즐겼다.

신앙이 엄마를 버티게 했다는 건 조금 뒤늦게 깨달았다. 취재 과정에서 만난 한 할머니 덕분이었다. 2011년 최저 생계비 취재를 위해 한 달간 서울 달동네에 들어가 살았을 때였다.

바로 옆방인 노부부의 집에서는 자주 나지막한 찬송가가 들려왔다. 얇디얇은 벽을 타고 무람없이 공유되는 소리야말로 가난의 맨얼굴이었다. 여름의 끝이었고, 한 달간의 취재가 끝나고 짐을 싸던 내게 할머니는 미숫가루 한 사발을 들고 왔다. "아가씨, 교회 다녀?

144

교회 다녔으면 좋겠다." 대답 대신 나는 물었다. 엄마에게 묻고 싶은 말이기도 했다. "할머니는 왜 교회에 다니세요?" 할머니가 지긋이 웃었다. "교회에서는 내가 평생 들어 보지 못했던 예쁜 말만 해 줘." 맥이 풀렸다. 그 할머니도, 어쩌면 엄마도 교회가 아니었다면 삶의 비참을 견딜 수 없었겠구나. 나는 할머니에게 교회에 다니겠다는 약속 대신 "저도 예수를 믿어요"라고 대답했다.

다만 나는 할머니도, 엄마도 아니었기 때문에 삶의 비참을 다르게 견디고 싶었을 뿐이다.

* 김지방, 《정치교회》, 교양인, 2007
** 백은선, 《나는 내가 싫고 좋고 이상하고》, 문학동네, 2021

무례한 가족보다
예의를 지키는 남

설 명절이 지나고 첫 기획회의에서는 여지없이 '가족'이 취재 아이템의 하나로 올라왔다. 두 아이의 엄마인 동기는 힘든 명절 연휴를 보낸 모양이었다. "고등교육이 다 무슨 소용이냐"는 그이의 한숨을 보며 정세랑 단편 〈웨딩드레스 44〉의 한 문장을 떠올렸다. "변화가 없는 사회는 아니지만, 변화가 느린 사회라서 친구가 지쳐 간다는 걸 느끼고 있었다."

생각보다 빨리 명절로 대표되는 '구시대'가 안녕을 고할지도 모르겠다는 희망 한편에 여전히 고집 센 전

통이 존재한다. 1984년생인 선배는 자신의 엄마가 시어머니에게 '맞으면서' 시집살이를 했다고 했다. 불과 40여 년 전 얘기다. 도무지 표정 관리를 할 수 없었다. 한국에 노예제가 없었다고 주장하는 이들이여, 고개를 들어 당신의 '어머니'를 보라.

우리 시대 며느리들이야 더 이상 맞고는 안 살지만, 차라리 맞으면 문제 제기하기 편하겠다 싶은 순간이 없는 것도 아니었다. 막상 결혼하고 보니 '미세먼지' 같은 불편과 불쾌는 좀체 언어화하기 쉽지 않았다. 인스타그램 웹툰으로 먼저 연재됐던 수신지 작가의 《며느라기》가 큰 화제를 모았던 이유도 그 때문이었으리라.

나 역시 같이 살고 있는 짝꿍과 갈등했던 가장 큰 이슈가 '시댁' 문제였다. 가해자는 딱히 없는데 나는 기분이 정말 너무 나쁜, 애매하고 묘한 상황에 놓일 적을 지날 때마다 무참했다. 악을 쓰고 소리 내어 울었다. 나는 아닐 줄 알았다. '그런' 결혼을 하지 않았다고 대단히 착각했다. "어쨌든 그게 가부장제야. 당신 눈에는 안 보여도 내 눈에는 보여. 내 눈에만 보이는 게 아주 많아."◦

결혼 전 시어머니를 단둘이 처음 만난 자리에서 나는 수십 번 연습한 말을 거의 실수 없이 다 한 터였다. 나는 집안일에 재능이 없다고. 원하시는 며느리상이 있으신지 모르겠지만 나는 그런 사람이 아닐 거라고. 시어머니의 표정은 큰 변화가 없었다. 침착하게 말을 이었다. "저는 어머니가 마음에 안 드는 부분이 있으면 말씀드릴 거예요. 어머니도 제가 마음에 안 드는 부분 있으면 말씀해 주세요. 30년 넘게 모르고 살던 사람이 갑자기 가족 관계가 된다는 게 아마도 당분간 납득이 안 될 것 같습니다. 제가 사랑하는 사람의 엄마니까 예의를 갖추겠지만, 어머니는 제가 선택한 가족은 아니니까요. 그리고 저에게 용건이 있으시더라도, 웬만하면 직접 전화하기보다 짝꿍을 통해 전달해 주시면 좋겠습니다."

밥을 코로 먹었는지 입으로 먹었는지 모르겠다는 말은 이럴 때 쓰는 것이었다. 광화문역 5번 출구 앞에서 어색하게 헤어지는 길, 어머니가 쐐기를 박았다. 왼쪽 눈 아래 눈물점이 좋지 않은 점이니 빼면 어떻겠느냐는 말이었다. 어머니 딴에는 '관심'을 표현하고 싶으셨겠지만 다시 생각해도 무례한 말이었다. 오, 하느님. 역시 결혼은 제 갈 길이 아니군요. 나는 소진된 사회성을 모조리 끌어올려 이를 꽉 깨물고 답했다. "제 몸이니까요, 제가 알아서 할게요. 사과해 주셨으면 좋겠어요." 나중에 들었지만 그날 어머니는 지하철역 화장실에서 '문자 그대로' 토하셨다고 한다.

나는 어머니와 헤어진 직후 줄담배를 피우며 짝꿍에게 전화를 걸었다. "'너네 엄마' 진짜 이상한 사람"이라며 길길이 날뛰었다. 어쨌든 그 후 1년은 이상한 시어머니와 이상한 며느리가 서로 가족이 되느라 애쓴 시간이었다. 아무리 싸워도 해결되지 않는 부분이 있었고, 말로 하기엔 너무 하찮은 자잘한 분노가 수시로 올라왔다. 하지만 모든 게 '상대적'이라고 생각하면 어떤 연민이 생겼다. 내가 며느리가 처음이듯이, 어머니도 시어머니 역할이 처음이라고 생각하면 이해할 수 있는 부분이 아예 없는 건 아니었다.

처음 만난 날 그랬듯, 나는 이 관계에서 최대한 나의 감정과 상태에 대해 솔직하게 말했다. 짝꿍의 도움이 컸다. 그는 시어머니-며느리 관계에서 무조건 내가 약자라는 걸 '결과적으로' 이해했고 지지하며 온전히 내 편에 섰다. 무엇보다 우리는 '효도는 셀프'라는 점을 확실히 했다. 며느리나 사위로서 할 일의 목록에 효도를 넣지 않으면 서운함이나 다툼의 여지가 정말이지 아주 많이 줄어든다. 우리가 예의를 지켜야 하는 '남'이라는 당연한 사실을 이해하기만 하면 된다.

어머니와 나는 이제 서로에게 적정 거리가 있음을 이해하고 꽤 잘 지킨다. 심지어 나는 어머니를 알아갈수록 좋아하게 됐다. 물론 여전히 시어머니로서는 물음표가 있지만, 여자로서 연대하는 마음이 있다. 언젠가 자녀 문제가 화제에 올랐을 때 "우리 두 사람의 일"이라고 선 긋는 내게 어머니가 덤덤히 했던 말을 기억한다. "나는 네가 일하는 사람이라서 좋다."

스무 살에 결혼해 짝꿍을 낳고 뒤늦게 시작한 공부를 계속하고 싶어서 두 번이나 임신 중지를 했다는 이야기가 이어졌다. 짝꿍은 처음 듣는 말이라고 했다. 나는 어머니가 그날 들려주신 이야기야말로 여성이 여성에게 할 수 있는 이해와 격려라고 생각한다.

어느 해였던가, 어머니 생신을 겸해 1박 2일 여행을 간 적 있다. 내 칫솔을 챙겼느냐 묻고, 이내 짝꿍의 칫솔도 챙기라고 말씀하셨다. 욕실에서 씻고 있던 짝꿍이 소리를 질렀다. "내 건 내가 챙기는 거지 그걸 왜 일호한테 말해!" 어머니가 무안한 표정으로 답했다. "으이구, 내가 느네 할머니가 했던 거처럼 일호한테 시집살이 시키면 아주 난리 나겠다." 내가 웃으며 답했다.

"네, 그러셨으면 제가 지금 여기 없겠죠."

　명절에는 어머니가 먼저 내려오지 말라고 했다. 이모님들과 함께 여행을 가곤 했다. 어차피 명절에 간다고 해도 당일에 점심 한 끼 먹고 올라오는 게 전부면서도, 마음이 한결 편했다. 수신지 작가는 《노땡큐: 며느라기 코멘터리》에서 《며느라기》를 읽은 가족과 인터뷰를 했다. 수신지 작가의 엄마는 이렇게 말했다. "아무래도 나는 네 나이를 겪어 봤으니까 내가 너를 이해하려고 노력하는 것이, 완벽하게는 이해하기 어려울지라도, 그 반대보다는 쉬울 거야. 그러니까 윗세대가 이해하려고 더 노력해야 한다고 생각해."••

　'나의 시어머니'도 그 이해의 첫발을 뗐다.

　사람들은 종종 나에게 좋은 시댁을, 좋은 남편을 만났다고 말한다. 하지만 나는 이걸 '운'이라고 말하고 싶지 않다. 내가 싸워서 얻어 낸 것이다. 그리고 내가 싸울 수 있었던 건 동료 여성들 덕분이라는 걸 잊지 않으려 한다. "'결혼'이 '착취'의 동의어가 되지 않을 수도 있다는 가능성"**을 설치고, 말하고, 생각하는 여자들이 열고 있다.

*   정세랑, 〈웨딩드레스 44〉, 《옥상에서 만나요》, 창비, 2018
**   수신지, 《노땡큐: 며느라기 코멘터리》, 귤프레스, 2018

'9'들의 세상

한번씩 떠올리는 얼굴이 있다. 승욱은 초등학교 동창
이다. 뇌성마비를 앓고 있다. 우리는 6학년 때 같은 반
이었다. 집 방향이 비슷해 종종 하교를 도와주곤 했다.
딱히 도울 것도 없었다. 그저 그 애의 속도에 맞춰 발을
늦추는 일이 전부였다. 어느 하굣길, 계단을 내려가던
중 승욱의 머리 위로 왁스대걸레가 떨어졌다. 3층 난간
에서 2층 계단으로 내려온, 대걸레 자루를 붙잡고 있
던 남자애는 서너 명. 어찌할 바를 모르는 승욱 대신
내가 노려봤다. "지금 뭐하는 거야?" 눈을 마주치고도

부끄러움을 모르던 한 녀석이 이죽거렸다.

"야, 너 승욱이랑 사귀냐?"

그 말이 왜 그렇게 싫었을까. 나는 그날 이후 승욱의 하교를 돕지 않았다. 핑계는 많았다. 어떤 이유를 댔는지는 정확히 기억나지 않는다. 승욱의 어머니를 마주치지 않으려고 걸어서 10분이면 갈 길을 부러 돌아서 집에 가곤 했다. 괜히 학교에 오래 남아 있을 핑계를 만들던 날도 있었다. 승욱의 어머니는 이해한 것 같았다. 아마도 체념이었을 테다. 어머니의 지치고 피곤한 얼굴이 부지불식간에 떠오를 때면 지금도 한번씩 잠을 설친다. 승욱의 어머니는 승욱에게 친구가 생겼다고 좋아했다. 그러나 나는 끝내 승욱의 친구가 되어 주지 못했다.

서울 지하철 1호선 신길역에서 시청역까지는 여섯

정거장, 15분이면 닿는 거리다. 2018년 6월 14일 오전 10시 서울장애인차별철폐연대 회원 20명이 휠체어를 탄 채 지하철에 몸을 실었다. 평소 40여 초면 충분했던 승하차 시간이 10분 이상 걸렸다. 이들은 대방역, 노량진역, 용산역, 남영역, 서울역, 시청역까지 타고 내리기를 반복하며 열차를 지연시켰다. 이날 신길역에서 시청역까지 걸린 시간은 1시간 40분. 뒤이은 전철 역시 연쇄적으로 연착됐다. 분통을 터뜨리는 시민들에게 휠체어를 탄 '시민'들은 이렇게 호소했다. "장애인들 시위 때문에 불편하다고 해도 좋으니 시청에 연락 좀 해 주세요."

그때나 지금이나 시위를 할 때마다 쏟아지는 시선도, 욕설도 그대로다. 달라진 부분이 있다면 시위에 앞장선 박경석 전국장애인차별철폐연대 상임공동대표의 머리카락과 눈썹이 하얗게 세었다는 점 정도다.

지하철 리프트 추락사가 처음 있는 일도 아니다. 이유가 있다. 지하철 리프트는 1988년 장애인 올림픽을 위해 '급조'됐다. 외국에서 온 손님에게 보여 주기 위해 설치된 것으로, 보여 주기가 목적이었던 만큼 안전 관리 규정 역시 부실하다. 국가인권위원회는 2011년 휠체어 리프트가 '정당한 편의'에 해당하지 않는다며 엘리베이터 설치를 권고했다. 권고는 아직도 이행되지 않았다. 서울교통공사는 엘리베이터 설치 등 '1역사 1동선' 확보를 2024년까지 마치겠다는 계획을 내놨다.

눈에 잘 띄는 곳에 늘 꽂아 두는 책이 몇 권 있다. 주로 당사자 목소리가 녹아 있는 책들이다. 장애인 이동권 뉴스를 접한 날이면 나는 노들장애인야학 20년 역사를 정리한 《노란들판의 꿈》을 다시 펼치곤 한다. 2001년 2월 6일 서울역 이동권 투쟁 장면을 다시 읽고 싶어서다. 박경석 노들야학 교장은 시위 끝에 연행되면서 이렇게 외친다. "좋습니다, 우리는 병신입니다. 그러나 당당한 병신으로 살고 싶습니다. 30년 동안 집구석에서 갇혀 지냈다고 아무리 말해도 안 들어 주더니,

자신들이 당장 30분 늦으니까 저렇게 욕을 하는군요. 이제 그 병신들에게도 인간으로서의 최소한의 권리가 있다는 것을 알려 줍시다. 당당한 병신으로 살아 봅시다!"

박경석 노들야학 교장을 비롯해 장애인 30여 명이 선로 위에 드러누웠던 이날 시위는 장애인 이동권 역사의 결정적 장면이 된다. 2003년 국어사전에는 '이동권'이라는 낱말이 올랐고, 2005년에는 '교통약자의 이동편의증진법'이 만들어졌다. 그러나 여전히 누군가는 단지 지하철을 타기 위해 목숨을 건다.

노들야학 교사이자 저자인 홍은전 씨는 비장애인이다. 그는 자신을 '9'라고 칭한다. "10명 중에 1명은 장애인이다. (……) 1들이 말하는 세상은 야만적이었다. 그러나 내가 자라온 세상은 한번도 1의 눈으로 세상을 바라보라고 가르치지 않았다. 그들의 가혹한 세상살이를 알면 알수록 나는 내가 1들과는 다르다는 사실에 깊이 안도했다. 그 차이가 있는 한 저들에게 일어난 일

은 결코 나에게로 넘어오지 않을 것이므로. 나는 안전한 9였다."•

'저들에게 일어난 일은 결코 나에게로 넘어오지 않을 것이므로'라는 문장 앞에서 나는 다시 승욱을 떠올린다. 자신을 '9'라고 고백한 저자의 마음에 나를 겹쳐본다. 장애인 관련 분야는 '더는 새로운 기사가 나올 게 없는' 레드오션이다. 아무리 장애를 '체험'하고 또 해도 결국 9의 자리에서 9의 시선으로 쓰게 될. 연민이나 동정에 호소하거나 애써 희망적인 이야기를 찾아 그나마 '팔리는(읽히는)' 기사를 쓰면 다행이다. 쉬운 길이다. 그래서 많은 기자들이 검증된 그 길을 가거나, 그냥 대충 잊고 지낸다. 세상에는 정말 너무 많은 문제가 있고, 1의 세상은 어차피 잘 보이지 않으니까.

그러나 '9'의 눈으로 '1'의 세상을 쓴《노란들판의 꿈》은 에둘러 가지 않는다. 노들야학 소식지 99권과 교사 회의록 40권, 수천 장의 회의록과 20년간의 일지들을 수북이 쌓아 놓고, 그 위에 새 길을 낸다. 20주년

사를 정리하는 만큼 그 지난하고도 아름다웠던 세월을 포장하고 싶은 마음, 짐작건대 왜 없었을까. 나라면 우리 대견하다고, 이만하면 잘 살아 냈다고 쓰고 싶었을 것 같다. 대신 저자는 이렇게 쓴다. "사람들은 노들에 밝고 희망적인 것을 기대하지만 나는 노들의 어둡고 절망적인 얼굴을 더 많이 알고 있다."•

정직한 기록만이 역사가 될 자격이 있다. 그들이 비틀거리며 20년간 걸어온 길이 다름 아닌 한국 장애인 운동사다. 홍은전은 담담히 장애인 운동의 실패를 시인한다. 다만 "연대는 분열하지 않는 것이 아니라 무릎이 꺾일 것 같은 순간 힘없이 뒷걸음질치고 고개 돌렸던 우리 자신을 보듬는 힘"• 이라는 점을 힘주어 강조하면서.

다시 초등학교 6학년 교실로 돌아가도 나는 승욱을 외면할지 모른다. 나는 그때 내가 어떤 포즈를 취해야 하는지 몰라서 연대에 '실패'했다. 솔직히 말하자. 어쩌면 알면서도 실패할 것이다. '당당한 병신' 곁에 수많은 '9'들이 어떤 모습으로 서야 하는지 여전히 짐작만 할 수 있을 뿐이다. 나는 그때마다《노란들판의 꿈》을 펼쳐 들고 박경석 교장의 외침을 읽을 것이다. 누군가 목숨 걸고 투쟁하지 않아도 우리는 안전해야 한다. 이 '당연한' 문장이 죽지 않을 수 있었던 사람이 죽어, 몸으로 쌓아 올린 것이라는 사실을 떠올린다.

● 홍은전,《노란들판의 꿈》, 봄날의책. 2016

묘지에서 하는 운동회

신문도 재밌지만 주간지는 더 재밌었다. 어떤 월요일
에는 밥 대신 가판에서 주간지를 산 적도 있었다. 가
난한 대학생에게 주간지는 꽤 자주 '사치품'이었다. 덜
컥 정기 구독을 신청해 두곤 구독료가 하염없이 밀리
던 어느 날, 〈시사IN〉 지면에서 인턴 기자 모집 광고
를 봤다. 자기소개서 첫 줄을 이렇게 썼다. "인턴 활
동비 받으면 밀린 구독료 내겠습니다." 나중에야 알았
다. 당시 미납금을 독촉할 여력이 없었던 이 신생 언론
사는 '돈 내겠다'는 자기소개서에 큰 흥미를 느끼지 않

앉다. 내 서류는 탈락 서류로 분류됐다. 취재를 마치고 뒤늦게 사무실로 돌아와 인턴 서류를 검토하던 한 선배가 "구독료 낸다는데 일단 오라 그래 봐"라고 하기 전까지는. 나는 인턴을 거쳐 공채 2기로 2009년 입사했다.

그때부터 지금까지 내가 가장 꾸준히 들어 온 말은 '저널리즘의 위기'다. 염색공예 작가 유노키 사미로는 대학에 들어가자마자 '그림은 죽었다'라는 말을 들었다고 했다. "충격이었습니다. 그럼 내가 지금부터 하려는 건 묘지에서 하는 운동회 같은 게 아닐까 싶은 생각이 들었습니다."• '묘지에서 하는 운동회'라는 유노키의 말에 밑줄을 그으며 내가 하는 일도 꼭 그와 같다고 생각했다. 잡지야말로 '죽어 가는 종이'에 가까운 것 아닐까 생각하면서.

많은 사람이 단언한다. 언젠가는 종이 매체가 사라질 거라고. 그런 이야기를 들을 때마다 다짐한다. 그

시대의 안과 밖을 잘 쓸고 닦다가 제일 마지막에 나오는 사람이 되고 싶다고. 초 단위로 기사가 쏟아지는 시대에 나는 뒷북이나 다름없어 보일 때도 있는 주간지의 느린 박자가 좋았다. 사수는 단독 기사의 의미를 몇 번이고 다시 짚어 줬다. 제일 처음 쓰는 것도 의미 있지만, 마지막까지 쓰는 것도 단독만큼이나 중요하다고.

당연한 말이지만 뉴스를 만드는 데는 돈과 노동과 시간이 필요하다. 언론이 중요하다고, 필요하다고 말하는 사람은 많은데 유료로 구독하는 사람은 한 줌이다. '좋은 기사'를 쓰면 반응하는 독자(시장)가 있다는 믿음은 기자에게도 없다. 언론도 문제지만 독자도 이 망가진 시스템의 일부라는 의미다. 같은 기사지만 종이로, 웹으로, 영상으로 보는 일은 모두 다른 경험이다. 디지털 시장은 아직까지 답이 보이지 않는 상황이라 이것저것 해 보거나 못 하거나를 반복한다. 해 보고 싶은 건 많지만 돈이 없을 때가 많다. 이곳저곳에서 취

재 비용을 펀딩 받을 수도 있지만, 인건비는커녕 제작
비도 못 맞출 때가 많다. 그럼에도 나를 갈고 주변을
갈아 가면서 한다. 좋은 뉴스와 좋은 매체가 필요하다
고 간절하게 생각하니까.

> 기어이
> 서글픔이 다정을 닮아간다
> 피곤함이 평화를 닮아간다
>
> – 김소연, 〈너를 이루는 말들〉 부분 **

서글픔과 피곤함이 '기어이' 다정과 평화를 닮아 가
는 일은 타인과 세상을 알고자 하는 마음을 통과하는
동안 이뤄지는 것이다. 모르겠는 것, 이해할 수 없는
일들이 '알고 싶다'는 마음이 될 때 우리는 연결된다.
우리를 그렇게 연결하는 것은 아직까지도 꽤 자주 활
자라서 나는 계속 언론사에서 일하는지도 모르겠다.
좋은 저널리즘이라니 우리끼리만 아는 '나쁜 농담' 같

지만 나는 아직까지도 속절없이 그런 것에 마음을 홀리곤 한다. 그리고 여전히 그 힘을 믿고 싶다.

글자로 읽으면 5분이면 될 일을 20~30분씩 영상으로 본다는 걸 이해 못 할 만큼 영상 매체와는 멀찍이 거리를 두고 지내 왔다. 사람 일이란 게 언제나 계획처럼 되지 않았다. 내키지 않았지만 내 몫의 책임을 다하고 싶었다. 월급 받는 사람은 원하지 않는 일도 해야 한다고 생각하면서 회사 유튜브 계정을 맡았다. 역시 뭐든지 해 보기 전에는 알 수 없어서 꽤 즐겁게 하고 있다. 구독자 10만 명이면 받을 수 있는 실버버튼 획득을 위해 본격적으로 시장 진출을 준비하면서 유튜브 내 정치, 시사 콘텐츠들을 둘러보니 한 가지 눈에 띄는 공통점이 있었다. 패널의 성비였다. 의도했든, 하지 않았든 남성 일색이었다.

무언가를 보이게 하는 것(주목받게 하는 것), 혹은 보이지 않게 하는 것은 매우 '정치적'인 일이다. 이런 판이라면 아무리 유튜브가 레드오션이라고 해도 내가 끼어들 여지가 아주 없지 않겠다는 생각이 들었다. 성별을 넘어서고 차이를 가로지르는 이야기를, 너는 '어느 편'이냐고 묻는 정치 대신 정치는 무엇을 할 수 있고, 무엇을 해야 하는지를 이야기해 보고 싶다는 마음이 내 안에 자랐다.

어떤 정당을, 정치인을, 그리하여 정치를 욕하고 손가락질하기란 때로 매우 쉽고 간편하다. 그사이 민주주의는 위협받고 일상은 무람없이 공격당한다. 정치가 무엇을 할 수 있고 해야 하는지를 이야기하는 것은 중요한 동시에 참 지루한 일이다. 그 '좁은 길'을 내는 것이야말로 독립언론이 해야 할 일이라고 믿는다.

자신의 이름을 딴 '클라인 저널리즘'이라는 말까지 만들어질 정도로 독보적인 저널리스트, VOX의 창립자이기도 한 에즈라 클라인의《우리는 왜 서로를 미워하는가》에 따르면 사람들은 정치에 더 관심을 가질수록, 더 많은 정치 미디어를 소비할수록 상대 당에 대해 더 많이 잘못 생각하고 있었다. 이를테면 공화당원은 민주당원의 28%가 게이, 레즈비언, 양성애자라고 믿었지만 실제로는 약 6%였다. 민주당원은 공화당원 10명 중 4명 이상이 노인이라고 믿었지만 실제는 약 20%였다. 한국이라고 크게 다를 것 같지 않다. '사실'은 때로 고통스러워서 우리는 우리가 믿고 싶은 것에 더 마음이 기울곤 한다. 미디어가 이를 놓칠 리 없다. 그것이 시청률에 더 도움이 되기 때문이다. "양극화된 미디어는 공통점을 강조하지 않고 차이를 무기화한다. 상대편의 좋은 점에 초점을 맞추기보다 최악을 보여주며 협박한다."••

"사람들이 알아야 할 것을 말해 주는 대신 그들이 알고 싶어 하는 것을 말해 주면 어떨까?"

영화 〈앵커맨 2〉(2013)에 나오는 질문은 우리 시대

저널리스트들이 쉽게 빠지는 함정이기도 하다. 뉴스는 저널리즘이기도 하지만 비즈니스이기도 하기 때문이다. "혼란의 한가운데 있기는 쉽지만, 틈새에 있는 건 어렵다"•••는 문장 앞에서 오래 서성였다. 다름을 이야기하되 또 이해하는 자리를, '틈새'를 만드는 일을 나는, 그리고 우리는 해낼 수 있을까. 성공도 좋지만 그보다는 잘 놀고 싶다. 묘지에서 하는 이 운동회의 필요와 어려움을 알아봐 주는 '동료' 독자들과 함께. 한 독자가 남긴 말을 나는 오래 품고 산다. "정보의 평등이 정의의 지름길입니다."

•   오다이라 가즈에, 《종이의 신 이야기》, 오근영 옮김, 책읽는수요일, 2017
•• 김소연, 〈너를 이루는 말들〉, 《눈물이라는 뼈》, 문학과지성사, 2009
••• 에즈라 클라인, 《우리는 왜 서로를 미워하는가》, 황성연 옮김, 윌북, 2022

3부

책 속에 길이 있다는
말 앞에서

이러니 책 속에 길이 있다는 말을,
나는 도리 없이 믿어 버리게 된다.

연쇄 지각마의
지각을 위한 변명

취재팀에서 편집팀으로 옮긴 지 한 달 뒤쯤이었다. 팀장과 나의 갈등은 최고조에 달해 있었다. 나의 잦은 지각 때문이었다. "늦지 마라." "죄송합니다." 따위의 대화로 시작하는 하루가 즐거울 리 없다. 그때 우리는 둘 다 불행했다. 그 와중에도 나는 "내일은 늦지 않겠습니다" 같은 헛된 다짐은 하지 않았다. 어차피 내일도 늦을 거 같았다. 그리고 늦었다.

출근 시간은 오전 10시. 나도 의아했다. 다른 회사와 비교해 보면 얼마나 파격적인 출근 시간인가. 러시 아워에 시달리지 않아도 된다. 출근하는 동안 하루치 기운을 다 쓰지 않아도 된다는 의미다. 한국은 '출근하다 죽겠다'라는 제목의 주간지 커버스토리가 나오는 나라다.(〈한겨레21〉 1037호) 그러니 내가 출근 때문에 징징거리는 사치를 부려서는 안 되지 않겠나. 장담할 수 있다. 지각하는 내가 가장 싫었던 사람은 그 누구보다 나였다. 자기혐오를 반복하던 어느 아침, 나라는 과녁에 꽂아 넣을 화살이 떨어진 나는 질문을 좀 바꿔 보기로 했다. 지각이 그렇게 큰 문제인가? '불성실'의 기준은 왜 출근 시간이 돼야 하는 걸까? 그렇다고 내가 해야 할 일을 안 하는 게 있나? 출근 시간은 있는데 퇴근 시간은 왜 없을까?

"선배…… 저는 10시까지 출근 못 하겠습니다."

더는 죄송하기 싫었다. 경험상 이럴 때는 차라리 솔직한 게 낫다. 문제의 성격을 막론하고 문제를 푸는 실마리는 솔직함에 있는 경우가 많았다. 다행히 그날, 선배도 웃고 나도 웃었다. 선배는 어이없어서 웃었고, 나는 그 말을 기어이 해 버린 내가 대견해서 웃었다. 남들이 다 할 수 있어도 나는 못 할 수 있다고, 못 하는 부분은 인정하고 '다르게' 잘 할 수 있는 방법을 찾아보겠다고 말했다. 하지만 조직 생활인 만큼 선배의 염려를 인정하고 노력하겠다고 말했다. 그 이후에도 몇 번쯤 더 지각했지만 그 횟수는 현저히 줄었다. 마음의 자유를 얻으니, 몸이 적응하기 시작했다.

아침잠이 많은 편이지만 오전 10시 출근이 힘들 정도로 사회성이 떨어지는 사람은 아니었다. 그러니까 취재팀에 있었을 때는 달랐다. 편집팀 발령 직전 일했던 정치팀에서 나는 매일 오전 6시께 일어났다. 아침 라디오방송을 챙기고, 조간신문 세 개를 읽었다. SNS는 그때나 지금이나 수시로 체크한다. 전날 술을 아무리 많이 마시고 귀가한 날도 (다시 잠들지언정) 이 과정은 반복적으로 이뤄졌다. 하루 일정은 내가 계획했고, 내 의지와 통제 아래 취재가 이뤄졌다.

바뀐 건 단 한 가지뿐이었다. 팀이 바뀌었다. 그런데 이게 단순히 팀이 바뀌는 문제가 아니었다. 일의 방식이 바뀌었고, 시간 쓰는 법 자체가 달라졌다. 기다림은 편집팀 업무의 거의 전부다. '내 글'을 쓰는 일에서 '남의 글'을 기다리는 일이다. 나는 더 이상 내가 세운 계획대로 일할 수 없었다. '연쇄 지각마'는 그 시스템에 적응하고 싶지 않은 내가 만들어 낸 또 다른 나였다.

2007년 〈시사IN〉이 첫 공채 신입 기자를 뽑을 때 내 세운 문구는 '언론계 최고 대우를 약속합니다'였다. 최고 대우란 물론 돈을 의미하는 게 아니었다. 〈시사IN〉은 삼성 관련 기사를 몰래 삭제한 사장의 편집권 침해에 항의하며 파업하다 생긴 매체다. 디지털 퍼스트를 고민하는 시대에 종이 매체를 창간하는 무모함이라니. 언론 불신이 하늘을 찌르는 시대에도 말이 안 되는 기적은 일어났다. 시민들이 한 푼 두 푼 보내 준 돈이 매체 창간의 마중물이 되었다. 가난한 언론사가 월급으로 최고 대우를 해 줄 수 있을 리 만무했다. 이 대책 없는 양반들이 내세운 최고 대우라는 건 '양심에 따라 쓸 수 있는 자유'였다.(이 공고는 기자 지망생들 사이에서 현실론과 원칙론으로 갈려 다소간의 논란이 있었다. 그러나 나는 언론을 언론답게 만드는 것은 여전히 원칙, 즉 기본이라고 생각한다.) 나중에야 알게 됐지만, 다른 언론사에서는 기자가 쓰고 싶다고 해서 기사를 쓸 수 있는 게 아니었다. 우리는 달랐다. 선배들의 취재에 성역은 없었다. 기자의 능력이 모자라 못 쓰는 경우는 있어도 외압으로 기사를 못 쓰는 일은 없었다.

그 자유만큼이나 마음에 들었던 건 실질적인 근무 조건이었다. "돈 많이 못 주는 대신 근무 조건이라도 좋아야지." 창간 주역인 한 선배는 신입 기자 앞에서 이 말을 입버릇처럼 되뇌었다. 그 조건이라는 게 별건 아니다. 이를테면 '법이 정한 대로' 휴일을 쓸 수 있는 정도였다. 명절에 쉴 수 있고 되도록 주5일제를 보장하는 것도 다른 언론사라면 꿈꾸기 어려운 일이다. 그야말로 업계 최고의 대우다. 파업 끝에 만들어진 언론사답게 노동조합 가입은 의무였다. 연봉협상도 없다. 성과를 평가해 월급에 반영하지 않는다. 월급은 직무와 연차에 따라 고정돼 있는데, 한창 일할 연차의 임금 인상률이 가장 높게 설계돼 있다. 노동자 간에 이해관계가 엇갈리는 일을 최소화하되, 회사의 '허리'를 응원하는 형태다.

신입 기자에게는 가혹하다 싶을 정도로 발제와 취재도 자유로웠다. 너무 많은 자율 앞에 방황하던 날도 있었다. 허허벌판에 내던져진 기분이 들 때가 한두 번이 아니었다. 취재 아이템을 위에서 지시하는 경우는 거의 없었다. 국장과 팀장과 평기자가 전체 회의를 통해 난상 토론을 벌인 끝에 그 주의 아이템이 정해졌다. 주중에는 최소한의 보고와 내가 정한 마감 시간만 지키면 됐다. 우리는 기사 맨 위에 적는 바이라인(기자 이름)의 의미를 책임이라고 배웠다. 감시하는 사람이 없으면 편할 거 같지만 많은 일이 그렇듯 기자도 결국 결과, 즉 기사로 말하는 사람들이다. 허투루 일한다는 건 내 이름뿐만 아니라 이 매체가 쌓아 온 신뢰에 먹칠하는 일이었다. 불안을 밥 먹듯 먹으며 시간을 쌓는 동안 나는 '나만의' 일하는 스타일과 리듬과 호흡을 가지게 됐다. 그러므로 나에게 내 시간을 통제할 수 있는 권한이 없어졌다는 건 엄청난 변화였다.

나는 여상을 졸업하고 중소기업 인사팀에 입사해 사회생활을 시작했다. 대학에 가야겠다고 생각한 수십 가지 이유 중의 하나는 '9 to 6'(9시 출근, 6시 퇴근) 때문이었다. 그나마도 6시 퇴근은 잘 지켜지지도 않았다. 왜 모두가 똑같은 시간에 출근하고, 왜 상사들은 직원이 사무실 책상에 엉덩이를 붙이고 앉아 있어야만 일을 (잘)한다고 생각하는 걸까. 나는 대학에 가서 꼭 그렇게 일하지 않아도 되는 직업을 찾고 싶었고, 운 좋게 〈시사IN〉을 만났다.

물론 기자로 일하는 것이 언제나 좋은 건 아니다. 기자의 일이란 '나'와 '일'을 완벽히 분리하지 못할 때가 많고, 여러 일을 동시에 해야 하는 경우가 왕왕 있으며, 완벽에 가까운 책임을 요구받기 때문이다. 고강도 스트레스에 늘상 노출돼 있는 기자들은 빨리 죽는다. 원광대 보건복지학부 김종인 교수팀 조사에 따르면 11개 직업군별 평균 수명 조사에서 언론인의 수명이 67세로 제일 짧았다.

편집팀 발령은 나에게 일과 시간에 대해 다시 고민하게 만들었다. 첫 직장을 다닐 당시에는 대학 진학이라는 출구가 있었다. 하지만 삼십 대의 직장인은 출구를 만들 의무가 있다. 원하지 않았지만 어느덧 나도 이 사회에 책임이 있는 '어른'이 되어 버렸기 때문이다. 어른의 고민이라면 책임감에서 출발해야 하는 법이다.

한국에서 건물주로 태어나지 않은 대부분의 사람들은 평생 노동을 해야 한다. 시간은 돈이 되고, 우리는 그 돈으로 '아슬아슬' 입에 풀칠하며 산다. 살아 보려고 하는 일이 우리를 불행하게 하고 때로 우리 삶을 위협한다. 노동에 대한 다종다양한 책이 증명하고 있듯 다행히(?) 나만 불행한 건 아닌 것 같다. 인터넷서점에서 '노동'을 키워드로 책을 검색하면 2022년 10월 기준 4671종의 책이 나온다. 단지 '노동'만을 키워드로 했을 뿐이다. 더 이상의 검색을 포기하게 만드는 숫자다. 많은 사람이 이 불행의 의미를 찾으려 노력하고 있다는 의미다.

다만 내가 좀 더 이야기하고 싶은 것은 '시간'이다. 우리의 일이 불행한 이유는 내가 그랬듯이 일의 과정에서 내 시간을 통제할 수 없다는 데 기인하는 건 아닐까. 우리는 회사에 단지 노동력을 파는 것뿐 아니라 우리의 노동에 대한 통제권과 자율성도 저당 잡힌다. 대부분 9시까지는 출근해야 하지만 퇴근 시간은 기약할 수 없는 곳에서 가장 많은 시간을 보내면서 말이다.

장시간 노동에 대한 고민은 사치라는 듯, 세상은 그

나마 있는 일자리도 불안하게 만드는 방향으로 진화하고 있다. 영국에서는 '5분 대기조'처럼 일하는 사람의 수가 전체 인구의 2% 이상이다. 이른바 '제로 아워' 노동자들인데, 근로계약서에 별다른 근무 시간을 명시하지 않고 고용주가 원하는 시간에 나와 고용주가 원하는 시간 동안만 일하는 고용 형태를 말한다. 최저 근무 시간 기준이 0시간일 수도 있다는 의미의 '제로 아워'다. 내가 원할 때가 아니라, 고용주가 원할 때 일해야 하는 사람들에게 내 시간에 대한 통제권이 있을 리 없다.

이런 걸 당연히 여기고 산다는 건 어쩐지 이상한 일이다. 《눕기의 기술》*에 따르면 모노블록(monobloc: 도중에 잠이 끊이지 않게 몰아서 자는 형태의 수면)은 기계와 정규 근무 시간이 하루의 리듬을 규정하는 현대사회가 탄생시킨 비교적 새로운 습관이다. 그 이전 사회의 사람들은 하루에도 여러 번의 휴식과 수면 시간을 가졌다. 자정이 지나고 잠들지 않아도(못해도) '나처럼' 죄책감을 느끼지 않아도 됐다! 물론 그렇다고 전근대

사회로 돌아가고 싶은 건 아니다. 현대사회가 박탈한 것이 우리의 주체적인 시간, 즉 시간 주권이라면 결국 답도 발 딛고 선 이곳에서 찾아야 한다.

책 속에 길이 있을까? 적어도 길의 흔적은 더듬을 수 있다. 《타임 푸어》는 일하는 현대인의 불행을 드러내는 책이다. 여러 측면에서 이야기할 수 있는 결이 풍부한 책이지만(이를테면 이 책은 페미니즘 서적으로 분류해도 마땅하다.) 내가 꽂힌 소제목 중 하나는 이거였다. '정말 엉덩이가 무거워야 일을 잘할까?' 〈워싱턴 포스트〉 기자인 저자가 소개한 몇 가지 '팩트'를 한번 보자.

첫 번째는 2005년 미국 갤럽 조사다. "성별을 불문하고 전체 피고용자의 3분의 2 정도는 시간에 대한 통제권을 획득하기 위해 개인사업을 하고 싶다고 말한다."•• 아마 한국 갤럽에서 조사를 한다고 해도 비슷한 결과가 나올 것 같다. 다만 한국은 시간 통제권의 문제와는 별개로 이미 너무 많은 개인사업자(자영업자)가 있다는 점이 특색이라면 특색이다.

두 번째는 한 연구 결과다.(어떤 연구인지 주석이 달려 있지는 않다.) "직원들에게 장시간 노동과 야근, 실제 업무 효율과 무관한 '얼굴 비치는 시간'을 강요할 경우 창의력과 사고력이 감퇴하고 (……) 이로 인해 회사 건강보험 지출이 증가한다는 연구 결과가 있다."** 아, 너무나 당연한 이야기를 '연구 결과'라는 거창한 이름으로 맞닥뜨릴 때의 슬픔이라니.

한글 이름을 붙여 주고 싶은 단어도 등장한다. 프레젠티즘presenteeism, '회사에 출근은 하지만 몸이 피곤하고 마음이 우울해서 일의 능률이 떨어지는 현상'을 뜻한다. 이 땅의 모든 직장인 역시 앓고 있는 '병' 아닌가. 한국의 프레젠티즘이라면 '월요병'이 있다. 일요일에 출근하면 월요병을 예방할 수 있다는 보도가 나오는 나라에 사는 국민으로서 미국의 노동자들에게 심심한 연대의 마음을 표현하고 싶다. 우리는 누가 더 불행하게 일하는지 경쟁해야 하는 세계에 살고 있는 걸까.

시간 권력을 '갑'이 쥐고 있다고 해서 '을'에게 시간 주권이 없는 것은 아니다. 나 같은, 우리 같은 을에게 시간 주권을 보장했을 때에도 갑은 충분히 이익을 낼 수 있다. 이와 관련해 책에 여러 사례가 나오지만 《타임 푸어》를 읽으며 내가 굵게 밑줄을 그었던 문장은 이렇다. "우리는 서로를 감시하는 사람이 아닙니다. 오전 8시에 어디에 있었느냐고 캐물을 필요가 없습니다."•• 나는 재빨리 메시지 창을 열어 나처럼 지각 때문에 상사와 갈등하고 있는 친구에게 저 문장을 쳐서 보냈다. "큰 글자로 프린트해서 책상에 붙여, 내일 당장!" 물론 그 친구는 실행에 옮기지 못했고 결국 퇴사를 결정했다.

아무튼 나를 감탄시킨 저 말은 한때 미국의 소프트웨어 전문 소매업체 베스트바이BestBuy에 근무했던 조디 톰슨이 한 말이다. 베스트바이는 ROWE(Results Only Work Environment) 프로그램을 업무에 적용해 '시간의 새장'을 부쉈다. '결과 중심 노동환경'으로 번역할 수 있는 이 프로그램은 '언제, 어디서, 어떻게 일하는가'를 전적으로 개인에게 맡긴다. 이 시스템은 "남이 시간 쓰는 방식을 함부로 비난하지 않는"** 존중을 바탕으로 굴러가는데, 동료가 오후 3시에 자리를 비워도 '당신도 나처럼 오후 5시까지 자리를 지키지 않고 어디 가는 거지'라고 생각하지 않는 식이다. 결과는 예상 가능하다. 직원들은 스트레스와 불안을 적게 느끼게 됐고, 회사에 대한 충성도도 높아졌다. 그러나 2012년 CEO가 바뀌면서 이 제도도 폐기됐다. 책에서도 강조하고 있지만 "관리자('갑')는 변화의 린치핀(대체 불가능한 핵심적인 존재)이다."**

갑이 우리의 노동에 대해 다른 방식을 상상하지 못하고 (혹은 정부가 추진하는 '노동 개혁'처럼 나쁜 방향으로만 머리를 굴리고) 있다면 자주 필사적으로, 그보다는 조금 대충이라도 계속 떠드는 수밖에. 우리는 좀 더 나은 환경에서 내 의지로 행복하게 일할 권리가 있다. 그편이

훨씬 이익이 된다는 것을 증명할 수 있는 사례도 여럿이다. 역사가 발전하는 게 사실이라면 이게 제대로 된 방향이다. '10시 출근 불가'를 선언하며 내가 얻은 깨달음이다.

* 베른트 브루너, 《눕기의 기술》, 유영미 옮김, 현암사, 2015
** 브리짓 슐트, 《타임 푸어》, 안진이 옮김, 더퀘스트, 2015

우리 몸의 구멍이
굴욕이 되지 않도록

병원이라는 장소는 '어쩔 수 없음'으로 요약할 수 있지 않을까. 그곳은 웬만해서는 좋은 일이 일어나지 않는 곳이다. 여느 병원이 다 마찬가지겠지만 그중에서도 가장 가기 꺼려지는 병원은 산부인과였다. 지금이야 정기적으로 산부인과를 다니지만 그렇다고 심리적 문턱까지 낮아진 건 아니다. 여전히 익숙해지지 않는 건 다리를 양쪽으로 벌린 채 앉아야 하는 산부인과의 진료 의자다. 오죽하면 '굴욕 의자'라고도 불리는 이 진찰대가 주는 불쾌는 비혼과 기혼의 여부를 가리지 않앉다.

여성 질환보다는 '출산'으로 대표되는 산부인과라는 장소성에 대한 편견을 나 역시 무의식중에 내면화하고 있었다. 그걸 극복하고도 한동안 산부인과 가기를, (여성과 검진이 필수로 들어가 있는) 건강검진을 망설였다. 이유는 하나였다. 부끄러웠기 때문이다. 그 부끄러움이란 게 조금 이상하게 들릴 수도 있지만, '서른 넘어서도 성경험이 없는 여자라고 이상하게 보면 어쩌지……'라는 거였다.

성경험 여부는 산부인과 진료에 필수적인 정보다. 성경험 여부에 따라 진료 방법이 달라지기 때문이다. 건강검진을 할 때면 굴욕 의자에 올라가는 대신 침대 위에 올라 바로 누워 배를 까고 초음파 검사를 받았다. 차가운 젤이 처덕처덕 몸에 발라지는 동안 나는 경험해 보지 못한 굴욕 의자의 느낌을 상상하곤 했다.

나이를 한 살 두 살 먹어 갈수록 성경험 여부를 묻는

칸을 '없음'으로 채우고 싶지 않았다. 없음 칸에 체크할 때마다 내 인생의 결여에 대해 생각하며 속을 끓였다. 성폭행 경험을 성경험 '있음'으로 여기고 싶지 않았다. 그 경험이 가져온 트라우마는 긴 세월 애인들에게 몸을 열어 주지 않았다. 나는 어쩌면 평생 '없음' 칸이나 채울 운명일지도 모른다고 생각했다. 그렇게 오래도록 나를, 내 몸을 부정하면서 살았다. 그냥, 여자가 되고 싶었다. 평범한 여자. 나는 안다. 평범이나 평균은 허구라는 걸. 평범이 어려운 일이기 때문에 모두들 평범을 바라는 거라는 걸. 그럼에도 불구하고, 바랐다.

짝꿍을 처음 만났을 때 나는 서른두 살이었다. 나를 지나간 몇 명의 다른 애인들처럼 그가 섹스를 청했을 때, 나는 처음으로 그전 애인들에게는 못 했던 이야기를 꺼내기로 결심했다. 그와 함께 '있음'의 세계로 가고 싶었기 때문이다. 꼭 그가 아니어도 상관없었을지 모른다. 그러나 내가 있음의 세계를 열망하던 그즈음 그가 내 곁에 있었다는 것, 이런 타이밍을 운명이라고 해도 좋다면 그건 그런대로 멋진 일이라고 생각했다.

몇 번쯤 마음속으로 연습했던 말인데도 입 밖으로 잘 꺼내지지 않았다. 나는 성폭력 생존자이고, 그동안 애인들과 침대 위에서 실패를 반복했고, 당신도 그런 애인들 중 하나일 수 있다고. 그게 하나의 이유가 되어 종내 헤어진다고 해도 받아들일 수 있노라고. 주저하며 꺼낸 말에 그는 그저 나를 꼭 끌어안고 머리를 쓰다듬는 것으로 대답을 대신했다. 다행히 나는 울지 않았다.

그는 먼저 묻거나 '더' 묻지 않는 사람이었다. 몸 왼쪽을 가로지르고 있는 손가락 한 마디 길이의 상처도, 성폭력 경험에 대해서도. 그는 그저 기다리는 쪽을 택했다. 조금 전까지 축축하게 젖은 속옷을 비웃듯, 금세 가뭄처럼 말라 버리고 마는 몸을 우리는 그렇게 한동안 함께 견뎠다. 과거를 나눈 덕분에 마음은 그 어느 때보다 편했다. 우리는 삽입 섹스만이 섹스의 전부가 아니라는 이야기를 나눈 후 잠들곤 했다. 가까스로 삽

입에 성공했지만 오래 견디지 못했던 어느 밤이 지난 후 평화는 깨졌다. 생리 기간이 한참 남았는데 피가 비쳤기 때문이다.

급한 대로 찾아 들어간 내 인생 최초의 산부인과는 서울 종로 한복판에 있었다. 긴장한 와중에 진료 전 작성하는 문진서에 '미혼'이고 '있음'을 체크하고 있는 내가 괜히 뿌듯했다. 그 기분이 불쾌로 바뀌는 데는 채 10분이 걸리지 않았지만 말이다. 속옷을 벗고 의자 위에 올라앉은 내 허벅지를 남자 의사는 자꾸만 툭툭 건드렸다.

"몇 번이나 해 봤어요?"
"남자친구랑 할 때도 이렇게 뻣뻣해요? 힘들어서 진료하겠나······"

대거리를 해야 하는데 머릿속이 하얗게 질렸다. 진료를 마치고 소견을 듣는 자리에서 겨우 한마디를 쏘

아붙였다. "환자를 불쾌하게 하는 데 재능이 있으시네요." 증상은 별것 아니었다. 자궁 경부에 찰과상이 생겨서 나는 피였다. 산부인과를 빠져나와 한창 근무 중인 애인에게 전화를 걸었다. 이게 다 당신 때문이라고 마구 퍼부었다.

그 며칠 후 우연히 《마이 시크릿 닥터》를 만났다. 문화팀으로 매주 들어오는 신간 더미 속에서였다. 지면에 소개될 기회를 박탈당한 책 무덤가를 서성이다가 부제가 눈에 띄어 집어 들었다. '내 친구가 산부인과 의사라면 꼭 묻고 싶은 여자 몸 이야기'. 책은 산부인과가 다루는 여성의 몸에 관한 거의 모든 질문을 다루고 있었다. 산부인과에서는 물을 수도, 물을 시간도 없는 '이상한' 질문들이 무려 250여 개나 됐다. 이를테면 이런 질문들이다.

　– 산부인과에 오기 전에 음모를 다듬나?

- 음순의 보편적인 크기는?

- 왜 남자는 여자의 질에서 나는 냄새를 좋아할까?

- 섹스를 하면 아픈데 사람들은 왜 좋다고 할까?

- 투명하고 진득한, 해파리 모양의 분비물은 뭔가?

- 브래지어 안 하면 가슴이 처지나?

하다 하다 안전한 음모 면도법까지 알려 준다.

산부인과 의사인 저자는 솔직하게, 정확하게, 친절하게 이 모든 질문에 답한다. "산부인과 의사들도 환자 입장에서 진찰대에 누우면 마음이 편치 않다" "산부인과 의사 앞에서 벗는 것은 남프랑스 해변에 알몸으로 누워 햇볕을 쬐는 것과는 다르다"• 따위 고백 앞에서 나는 안도했다. 자신의 경험으로부터 시작하는 '말 걸기'는 뻔뻔해서 웃기고 다정해서 눈물 났다.

책을 덮고도 저자가 든 사례 중 하나가 유독 마음에 남았다. 질을 마치 핸드백처럼 쓰는 환자 이야기였다. 그 여자는 질 속에서 비닐봉지, 지폐, 립스틱, 펜 따위를 꺼내곤 했다. 저자는 직감했다. 여자에게 성적 학대를 당한 적이 있느냐고 물었다. 그 물음에 여자는 아이처럼 엉엉 울고 만다. 여덟 살 때 성폭행을 당했던 그는 자신에게 보지가 있어서 좋았던 일은 하나도 없었으며, 그래서 이를 좋게 쓸 궁리를 하다 보니 이렇게 됐노라고 털어놓았다. 저자는 사랑을 주로, 의학을 부로 놓는 방식으로 자신과 환자의 이야기를 풀어 나간다. 사랑과 산부인과는 모든 면에서 관계가 있으며 "산부인과 의사의 본질은 여성을 사랑하고, 격려하고, 포용하는 것"• 이기 때문이다.

책을 덮은 후 산부인과 정기검진을 결심했다. 나도 이런 '언니'를 찾아야 했다. 한국이라고 이런 의사가 없을 리 없었다. 그렇게 나의 길고 긴 산부인과 탐험이 시작됐다.

내게 '아찔한 산부인과의 첫 경험'을 선물한 이상한 의사 같은 사람을 피하고자 선택한 곳은 대형 여성병원 이었다. 이곳은 각종 특진비를 내밀거나 무한정 늘어지는 대기 시간으로 내 금쪽같은 시간을 앗아갔다. 어렵게 잡은 예약 시간은 소용없는 경우가 많았으나, 진료 시간은 3분께로 비슷했다. 대형 병원 진료 예약을 그만뒀다. 그러나 '인생 산부인과 찾기'를 포기할 순 없었다. '있음의 세계'에 진입한 순간, 내 자궁은 정기적으로 보살핌을 받아 마땅한 존재가 됐기 때문이다.

다음으로 찾아간 곳은 포털 검색과 광고로 쉽게 접할 수 있는 체인형 산부인과였다. 문진서를 작성하고 있는데 갑자기 간호사가 낮은 목소리로 소곤댔다.

"진료 기록 남기고 싶지 않으면 비보험 항목에 체크 하시면 돼요. 병원비는 좀 더 나오고요."

"왜요?"

"……네?"

"그러니까 왜 돈을 더 주고 그런 일을 하냐고요."

"아, 미혼인 분들은 부담스러워하시니까 안내해 드린 건데……."

산부인과 진료 기록을 감추어야 할 무엇으로 여기는 곳에 앉아 다리를 벌리고 싶지 않았다. 게다가 그곳은 과잉 진료의 숲이었다. 간호사는 질 안에 넣는 진료 도구를 설명하며 '3만 원 추가로' 일회용 기구를 쓸 수 있다고 말했다. 소독하지만 여러 명이 쓰는 진료 기구와 일회용 진료 기구라는 선택지가 있다는 걸 알게 된 환자가 앞의 것을 선택하기란 심리적으로 쉽지 않다. 기망과 상술임을 알면서도 나는 3만 원을 추가 결제했다. 진료를 기다리는 동안 병원 곳곳을 채우고 있는 광고 또한 마음을 불편하게 만들었다. 광고판은 '이쁜이 수술' 같은 글자 따위가 적힌 채 떡하니 한 자리씩 차지하고 있었다. 질을 '성형'해야 할 무엇으로 만드는 병원이라니. 병원은 병을 개발하고, 환자는 몸을 계발해야 하는 기이한 공간 속에 놓여 있는 기분이 유쾌하지 않았다.

그 병원의 대기실에서 나는 《마이 시크릿 닥터》의 저자를 다시 떠올렸다. 그녀가 여기에 있다면 시뻘겋게 달아오른 얼굴을 하곤 귀에서 김을 푹푹 내뿜으면서 저 광고판을 부숴 버리지 않을까 생각하니 조금 기분이 나아졌다.

이른바 '질 디자인'을 옹호하는 소리를 들으면 내 얼굴은 시뻘겋게 달아오르고 귀에서는 김이 푹푹 나온다. 나는 살가운 성격이지만 여성들에게 당신은 뭔가 잘못됐다고 말하는 사람들만큼은 정말 싫다. 특히 의사들이 그런 말을 하는 건 용서할 수 없다. 손발을 꽁꽁 묶어, 여성들은 생긴 그대로의 모습이 멋지고 완벽하다는 말만 하도록 만들고 싶다.

저자가 운영하는 여성 전용 온라인 커뮤니티가 있
다. 이 홈페이지로 유입된 사람들이 검색한 단어 1위
는 '예쁜 보지pretty pussy'였다. 그 사실을 알게 된 저자
는 '여러분의 음부를 인간적으로 대해 주세요'라는 공
지를 썼다. "이런 문화 속에서 사는 사람들이니 자신
이 정상적으로 보이느냐는 질문을 던지는 이들이 많은
것도 이상한 일이 아니다. 우리는 사회의 산물이다."•
한국의 산부인과는 그 질문을 산업과 훌륭하게 연결시
켰다. 아마 미국도 마찬가지일 것이다. 예쁜 보지가 유
입 검색어 1위인 나라라면, 이 책의 저자가 예외의 사
례일 테니까.

산부인과 탐험이 계속되는 와중에 내 보지를 처음
살펴본 것도 《마이 시크릿 닥터》 덕분이었다. "부끄러
워하거나 당황할 것 없다. 당신 몸이다. 뭐가 뭔지 알
권리가 있다. (……) 부정적인 생각을 좋은 쪽으로 돌리
자. '고마워, 많은 즐거움을 줘서'라는 식으로. 자기 몸

을 있는 그대로 알고 사랑하자."• 저자의 안내에 따라
내 몸에 존재하는 세 개의 구멍을 살펴보는 일은 나를
긍정하는 데 도움을 줬다.

질에서 나는 냄새도 자연스럽게 여기게 됐다. "(질
냄새에 관한) 질문의 밑바닥에는 여성을 질에서 더러운
냄새가 나는 존재 이상의 아무것도 아닌 것으로 치부
하려는 일종의 여성 혐오증이 깔려 있다."• 저자는 질
세척제도 권장하지 않는데, 질 세척을 처음 생각해 낸
사람은 분명 여성 혐오자일 거라고 단정한다. 또 질의
청결은 따뜻한 물로 충분하며, 자정 능력이 있는 기관
이라고 강조한다. "당신에게 어떤 맛이 나든 남자친구
가 그 맛을 칭찬해 줬으면 좋겠다. 그에게 이 말을 전
해 달라. '맛있게 드세요!'"• 물론 건강 상태에 따라 질
의 분비물이나 냄새도 달라지므로 산부인과 검진이 중
요하다는 걸 간과해서는 안 된다.

산부인과 의사임에도 불구하고 오랫동안 섹스를 즐
겁게 여기지 못했던 저자의 경험도 위로가 됐다. 젊은

시절, 그는 섹스를 하면 누군가 속 안에 산을 쏟아 부으면서 칼로 쿡쿡 쑤시는 것 같은 느낌에 시달려야 했다고 고백한다. 여성의 몸은 심리적 요인에 놀라울 정도로 강력한 신체적 신호로 반응한다는 것, 모든 사람에게 두루 맞는 섹스의 방식은 없으며 누구나 실패를 경험한다는 사실은 그동안 아무도 내게 가르쳐 주지 않은 것들이었다.

그리고 나도 마침내 긴 시간(과 돈을 들인) 끝에 나를 '돕는' 산부인과 의사를 만났다. 사소한 질문을 귀찮아하지 않았고, 내 몸에 대해 먼저 꼼꼼히 묻는 사람이었다. 그는 검사를 하는 와중에도 이 검사는 왜 하는지, 어떤 걸 확인할 수 있고 없는지 등에 대해 조곤조곤 설명해 줬다. "긴장 풀라고 해도 긴장되죠? 당연해요." "조금 아플 건데, 이 검사를 하려면 조직을 조금 긁어 내야 해서 그래요. 칫솔질하는 거 같달까요." 병원 안에는 요란한 미용이나 성형 광고도 없었다. '기본'을 하지 않는 병원을 여럿 경험한 탓에 나는 '쉽게' 이 산부인과에 반해 버렸고 내 맘대로 주치의 삼아 버렸다.

그러나 내게는 아직도 현실의 의사에게 묻지 못할 질문이 남아 있고, 《마이 시크릿 닥터》는 그럴 때마다 펼쳐 보는 책이 될 것이다. 음부, 질, 섹스, 자위, 오르가슴, 임신, 출산, 폐경, 유방, 소변에 이르기까지 몸의 일상을 망라하고 있으니까. 살아가는 동안 필요한 질문은 바뀌거나 달라질 테고, 그때마다 이 책은 조금 불완전할지언정 꽤 괜찮은 참고 문헌이 될 것이다.

참, 소변을 본 뒤 휴지로 닦을 때는 반드시 앞에서 뒤로 닦자. 항문의 직장 박테리아가 요도로 옮겨 와 감염될 수 있으니 말이다. 이를테면 이런 소소한 조언들이 책 속에 있다. 이러니 책 속에 길이 있다는 말을, 나는 도리 없이 믿어 버리게 된다.

❋ 리사 랭킨, 《마이 시크릿 닥터》, 전미영 옮김, 릿지, 2014

때로 망치더라도
아주 망친 것은 아닌

앞에 놓인 일들을 한번씩 가늠할 때마다 막막해서 차라리 사라지고 싶었다. 다짐이 아니라 결과로 증명되는 쓸모란 얼마나 무서운가. 일을 잘하고 싶다는 바람과 잘할 수 없을 거라는 낙담은 단짝이라, 내가 나인게 싫어지는 시간만 성실했다. 일과 일상이 구분되지 않은 채 한 몸처럼 지낸 지 오래였지만, 그 어느 때보다 생활이 불규칙해졌다. 닥친 마감과 기획안으로 엉킨 생각이 밤새 몸을 들쑤셨다. 아침에 눈떠 보면 죄시답잖았다. 모든 게 나처럼 시시했다.

사회팀으로 발령 나면서 자기혐오가 극에 달했다. 사회팀에 있었던 건 수습 시절 6개월 남짓이 전부였다. 그런 내게 국장이 대뜸 팀장을 맡으라고 했다. 나는 남 얘기하듯 딴청을 피웠다. "안 해 봤는데 괜찮을까요? 후회하실 텐데……." 인사를 통보하기 위해 산책을 청한 국장은 대답이 없었다. 나는 생각했다. '저이는 나랑 10년 가까이 일해 보고도 나를 모른다.'

나는 내가 어떤 사람인지 잘 안다. 한 반의 정원이 30명이라면 15~16등쯤 하는 학생 같은, 뭐 하나 빼어나게 잘하는 건 없지만 그렇다고 딱히 못하는 것도 없는. 나는 이 세계에서 주로 '그런 애'를 맡아 왔다. 나 하나만 잘 수습하면 그럭저럭 괜찮았던 시절이 그렇게 끝났다. 선배의 선택과 판단을 무의미하게 만들면 안 된다는 생각에 짓눌렸다. 실망시킬까 봐 무서웠다. 실은, 누구보다 나를 실망시키기 싫었다. 해 봤다면 해 봤고 안 해 봤다면 안 해 본 일들을 맞닥뜨리게 될 거라는 곤란한 예감은 적중했다. 지금까지와는 다른 차원의 업무 압력이 나를 기다리고 있었다.

모르는 일이 생기면 언제나 관련 책을 먼저 찾아 읽는다. 한동안 조직과 리더십에 관련된 책을 주로 읽었다. 《최고의 팀은 무엇이 다른가》나 《팀장인데, 1도 모릅니다만》 같은 책들. 《최고의 팀은 무엇이 다른가》를 읽는 동안 나는 부디 써먹을 일 없기를 바라면서 '단순한 피드백'의 예시를 메모했다. 마치 자기암시 같았다. "이런 조언을 남기는 이유는 기대치가 아주 높기 때문입니다. 당신이라면 이 기대치를 충분히 달성할 수 있다고 믿습니다."• 그리고 이런 말이야말로 내가 가장 잘해 왔고, 잘할 수 있는 말이었다! "실제로 리더의 입에서 나오는 말 중에 이 세 단어가 제일 중요하다고 할 수 있습니다. '그거 내가 망쳤어.'"• 그래, 내가 다 망치고 말 거야! 다짐하고 나니 마음이 한결 후련했다.

정답을 찾고 싶어서 책을 읽지만 책에는 정답이 없다. 자기계발서만 아니라 모든 책이 마찬가지다. 대신 책에는 '질문'이 있다. '실마리'를 잡는다면 그나마 나쁘지 않다. 정답은 여러 개이며 결국은 내가 써야 한다. 하지만 이 문장만큼은 내가 눈을 질끈 감고 앞으로 한 발 떼는 데 큰 위로가 됐다. "'왜 내가 이걸 하고 있는 거지?' 내 대답은 늘 같습니다. '안 될 게 뭐 있어? 우리에게 필요한 일이고 지금 나 말고 하는 사람이 아무도 없잖아.'"**

그리하여 함께 일하는 친구들에게 당부하게 되는 건 언제나 결과보다는 태도다. 내가 잊지 않으려 하는 건 이런 것들이다. 기자는 기본적으로 2차 생산자라는 점. 우리 일은 기본적으로 사건과 사람에서 출발한다. 누군가에게 빚지지 않고 쓸 수 있는 기사는 없다. 기사란 대부분 누군가의 불행과 불편에서 출발한다. 그렇게 때로는 누구도 원하지 않는 현실에 개입하게 된다. 나는 한번씩 소설 《골든 슬럼버》 속 아오야기 아버지의 호통을 찾아 읽는다. 아오야기의 아버지는 테러 용

의자인 아들을 찾기 위해 집 앞에 구름떼같이 모인 기자들을 향해 이렇게 외친다. "이게 네놈들의 일이라는 건 인정하지. 일이란 그런 거니까. 하지만 자신의 일이 남의 인생을 망칠 수도 있다면 그만한 각오는 있어야지. 다들 최선의 주의를 기울여야 한다고. 왜냐하면 남의 인생이 걸려 있으니까. 각오를 하란 말이다."••

　"기자가 되고 싶다"는 친구들을 만나면 습관처럼 말하곤 했다. "에이, 이거 말고 딴거 해." 반쯤은 진심이었다. 일과 일상이 구분 없이 한데 뭉쳐 굴러다니기 시작하면 생활은 불규칙해지고, 몸은 망가진다. '기레기'로 뭉뚱그려 호명될 때마다 가까스로 쥐고 있던 긍지마저 사그라든다. 출장차 머물렀던 타이완에서 한 기자는 내게 이렇게 말했다. "여기도 한국의 '기레기'와 비슷한 말이 있어요. '어릴 때 공부 안 하면 커서 기자된다(小時不讀書, 長大當記者)'고 해요." 우리의 대화는 자연스레 '기자질'의 기쁨과 슬픔에 대한 이야기로 번졌다. 하지만 우리가 이 일을 포기하지 않는 건, 이 일이 세상을 좀 더 나은 방향으로 움직이도록 기여하는 일이라는, 분명한 보람과 자부 때문이다.

자신은 원하는 직업을 가졌으면서 내가 하는 일을 원하는 후배의 '앞길' 막는 얘기는 왜 자꾸 하게 되는 걸까. 모든 일이 그렇지만 이상은 현실보다 늘 앞서간다. 내가 그러했듯, 뒤에 오는 사람들이 그 낙차에 실망할까 지레 겁을 주는지도 모르겠다. 하지만 따지고 보면 기대도 실망도 당사자 몫이다. 선배는 그 모든 걸 온전히, 하지만 나보다는 좀 더 좋은 환경에서 겪게 해주는 사람이어야 하는 게 아닐까.

만화가 이종범 씨가 쓴 '청소의 요정'이라는 제목의 글을 인상 깊게 읽었다.(〈ize〉, 2014년 10월 2일) 이씨가 '거지 같은 만화판'에 대한 이야기만 주구장창 듣던 지망생 시절, 선배인 《덴마》의 양영순 작가는 이렇게 말했다고 한다. "만화가가 되면 너무 좋아. 빨리 만화가

해." 그 글을 읽은 이후 나 역시 기자 지망생을 만나면 "기자가 되면 정말 좋아. 빨리 기자 해"라고 말하는 사람으로 살자고 다짐했다.

어떤 직업을 좋은 일, 필요한 일로 만드는 힘과 책임은 그 직업군에 속한 사람에게도 있다. 내가 하는 일을 뒤에 오는 사람에게 권할 수 있으려면 내가 선 땅이 좋아지도록 부지런히 일궈야 한다. 저 짧은 두 문장을 자신 있게 건네려면 그만큼 스스로를 담금질해야 한다. 일의 조건과 환경을 바꾸는 일을 게을리해서도 안 된다. 어디 기자만이 그럴까. 세상의 많은 일이 그런 노력에 힘입어 나아진다고 믿는다. 그 과정에서 때로 망친다고 하더라도, 결과적으로 아주 망친 일은 아니게 될지도 모른다.

* 대니얼 코일, 《최고의 팀은 무엇이 다른가》, 박지훈 옮김, 웅진지식하우스, 2018

** 스티븐 더수자 · 다이애나 레너, 《팀장인데, 1도 모릅니다만》, 김상겸 옮김, 21세기북스, 2017

**: 이사카 고타로, 《골든 슬럼버》, 김소영 옮김, 웅진지식하우스, 2008

그렇게까지는 원하지 않는
삶에 대하여

엄마는 지금도 '남의 주방'에서 일한다. 제 한 몸이 가진 것의 전부인 사람에게 건강 문제는 생계에 앞설 수 없는 부차적 문제가 된다. 따지고 보면 엄마는 늘 어딘가 아팠다. 불이나 기름에 데거나, 대형 솥을 반복적으로 옮기는 동안 생기는 근육통을 달고 살았다. 그런 상처는 연고와 밴드와 파스 따위로 임시 처방하면 그만이었다. 엄마의 몸에 오래 기대 살았던 나는 해외 출장이나 여행 갈 때면 그 지역의 유명하다는 파스 제품을 종류와 크기별로 사다 나르곤 했다.

하지만 지난 몇 년간 엄마의 몸은 파스와 연고로 해결되지 않는 영역에서 무너지곤 했다. 자연스러운 노화의 진행이라기엔 변화가 급격했다. 한군데가 아프기 시작하니, 연쇄적으로 고장 났다. 그때 내가 할 수 있는 최선의 효도란 인터넷으로 대형 병원의 진료나 수술 일정을 예약하고, 엄마 혼자 복잡하고 미로 같은 병원을 헤매지 않도록 동행하는 일이다.

수술 일정을 잡고 나오던 어느 날, 엄마가 물었다. 정말 아이를 낳지 않을 거냐고. 지겹도록 듣고 답했던 질문 앞에서 나는 입을 닫았다. 엄마가 체념한 듯 혼잣말을 했다. "너는 딸도 없고 불쌍하다." 그날 오랜만에 일기를 썼다. 나는 엄마의 그 말이 아주 좋다고. 그건 엄마가 나로 인해 불행하지 않다는 말이기도 했으니까.

출산은 나와 짝꿍이 세운 관계의 계획표에 없는 일이었다. 우리에게 '아이를 낳아야 한다'라는 말을 하는 사람은 너무 많았다. 하지만 '아이를 왜 낳아야 하는가'라는 우리의 질문에는 납득할 수 없는 답만 잔뜩 돌아오곤 했다. 사람들은 종종 우리에게 조언했다. 대부분이 아이가 없으면 부부 관계가 유지되기 어렵다는 내용이었다. 적어도 그 조언 앞에서 우리는 단호했다. 아이가 있어야만 겨우 유지되는 관계라면 우리는 미련이 없으니까. 그런 때가 온다면 잘 헤어져야 한다고 다짐하곤 했다.

무엇보다 짝꿍은 '다음 과제'를 완수하는 방식으로 삶을 살고 싶어 하지 않았다. 대학에 가고, 졸업하면 취업하고, 취업하면 결혼하고, 결혼하면 아이를 낳아야 한다는 '당위'와 '정상'에 대한 압력을 거스르고 자기 의지로 살고 싶어 했다. 그는 지금의 기쁨과 당장의 만족을 삶의 우선순위에 두는 사람이다. 함께 살기 시작하면서 그 기쁨과 만족 안에 내가 포함되었다. 결혼 전 자녀 계획에 관해 대화할 때 그의 전제 조건은 하나였다. "나는 원하지 않지만, 당신이 원하는 대로." 그는 임신과 출산에 있어 자신이 할 수 있는 일이 전무함을 알고 있었고, 내 몸에서 일어나는 일인 만큼 내 의지와 생각이 결정의 전부여야 한다고 말했다.

때로 그 말이 몹시 서운하고 외로웠다. 나 역시 일찌감치 아이를 내 인생에 포함시키지 않겠다고 다짐해 왔다. 아이를 통해 미래를 사는 게 두려웠다. 내가 어쩔 수 없이 끌어안고 살아온 가난을 내 세대에서 끊어 낼 방법은 비출산밖에 없다고 생각했다. 나는 태어나지도 않은 내 아이가 살아야 할 미래를 예상할 때마다 몸을 떨었고, 내가 자라면서 경험한 고통을 그때마다 새롭게 곱씹었다. 더 공포스러운 일은 이 사회가 출산한 여성에게 '그 후'를 계획할 수 없게 한다는 점이었다. 나는 일을 포기할 생각이 전혀 없었다. 그리고 출산과 육아를 이유로 결국엔 일을 포기한 재능 있는 여성을 너무 많이 보았다.

하지만 짝꿍이 온몸의 무게로 나를 지그시 눌러 올

때, 그 무게가 주는 기쁨과 행복이 있었다. 품에 코를 박고서 그의 심장이 팔딱팔딱 뛰는 걸 감각할 때마다, 잠든 모습을 오래 바라보며 눈으로 그의 얼굴을 만질 때마다, 나는 가끔 아이를 원했다. 그러면서도 생리가 조금이라도 늦어지면 손톱을 물어뜯었다. 임신과 관련한 모든 일이 온전히 나의 일이라는 게 부당하다고 날뛰었다. 피임을 해 왔으니 당연한 일인데도, 임신테스트기에 아무것도 나타나지 않으면 실망했다. 갖고 싶고, 안 갖고 싶었다. 그 마음은 동시에, 또는 시간 차를 두고 솟아났다. 내 마음에는 때때로 불기둥이 솟았다.

나의 '비합리'와 '비이성'으로 둘 다 고통받던 즈음, 우리는 일정 기간을 정하고 임신을 우연에 맡겨 보기로 했다. 아무것도 확신할 수 없는 상태에서 1년을 보내는 동안 나는 자주 조바심이 났다. 아이가 생겨도 문제, 안 생겨도 문제였다. 갈피를 잡을 수 없는 마음에 자주 휘청였다. 통상 피임을 하지 않은 부부가 1년 이내 임신이 되지 않는 걸 난임이라고 한다. 아이를 '안' 갖는 것과 '못' 갖는 것은 달랐다. 키울 자신도 없으면서, 막상 아이를 키울 수 없게 될지도 모른다니 손 안의 사탕을 뺏긴 느낌이었다.

이 감정의 폭풍을 이성적으로 다루고 싶었을 때 집어 든 책이 있다. 가임기 여성이 수없이 맞닥뜨리는 질문 앞에서 《아이 없는 완전한 삶》의 저자인 엘런 L. 워커 역시 자유롭지 못했다. "처음 만난 사람에게 '자녀가 있으세요?'라는 질문을 얼마나 자주 듣는지 모른다. '아이가 없어요'라고 대답하면 난감해한다."•

또래들이 하나둘 아이를 낳기 시작하는 시기를 그저 흘려보내고 있자니 저자 역시 처신하기 힘들고 어색했다. 아이가 없다는 이유만으로 부족한 사람 취급을 당하거나 소외감을 느껴야 했다. 그래서 자신과 비슷한 처지의 사람들을 찾아 나섰다. "현재 아이 없이 살고

있는 이들의 경험을 다음 세대에게 정확히 보여 주고 싶었다."•

저자에 따르면 현대사회는 세 가지 변화가 동시에 일어나고 있다. 성인이 되면 으레 부모가 되는 것이 인생의 유일한 길인 양 살아가던 세대를 지나 새로운 시대로 진입하고 있다. 피임약 덕분에 자녀를 가질지 말지 선택할 수 있게 됐고, 자녀 없는 삶을 받아들이는 사람들이 생겼으며, 일부 부모들은 자녀를 낳은 일을 후회할 수도 있음을 인정하게 되었다.

저자는 조언한다. 아이가 없는 사람들은 '준비가 안 된 사람' 혹은 '일반적인 기준에 부합하지 못하는 사람'이 아니라 '아이가 없는 인생을 선택한 사람'이라는 정체성을 가진 거라고. 자신을 상황의 희생자로 여기는 대신 지금처럼 아이가 없는 상태로 살게 되기까지 삶의 여정을 돌아보는 것이 필요하다고. "우리 사회에는 아이를 낳지 않으면 자녀 양육에 따르는 귀중한 경험의 '기회를 놓친다'는 경고 메시지가 널리 퍼져 있다. 하지만 인생이

제공하는 모든 경험을 전부 해 볼 수는 없는 노릇이다. 우리에게 제일 중요한 경험을 선택하고, 놓친 경험에는 크게 마음 쓰지 않고 넘길 수 있어야 한다."◦

　취재하며 친구가 된 사람이 있다. 그도 우리처럼 아이가 없었다. 그와 만난 자리에서 나는 오랫동안 그의 '사적인 삶'에 관해 궁금했던 것을 조심스레 물었다. 술잔이 오가고, 그와 나 사이에 떡볶이가 끓고 있었다. 질문하기 좋은 시간이었다. "아이는 일부러 갖지 않으셨나요?" 그는 주저 없이 답했다. "안 생겼다는 게 정확하죠. 같이 사는 친구랑 얘기를 해 봤어요. '의학적인 조치를 취해서라도 아이를 갖고 싶은가.' 근데 그렇게까지는 아니더라고요."

　나는 출산과 비출산 사이에 정답이 있는 것처럼 굴었다. 내가 가진 정답이 무엇이든 이유와 입장이 분명해야 한다고 생각했다. 그럴 때 내가 분명히 느끼는 슬픔과 상실은 충분히 설명이 안 됐다. 그래서 '당연히'

중간이 있다는 걸 알았을 때 내 삶도 좀 더 가뿐해졌다. '그렇게까지는' 원하지 않는다. 내 마음 역시 거기에 좀 더 가까웠으니까. 그제야 나는 현재 주어진 삶의 조건에 보다 집중하게 됐다. 그리고 내가 경험한 복잡한 마음의 결을 나눌 필요를 느꼈다.

《엄마됨을 후회함》은《아이 없는 완전한 삶》의 '짝꿍 책'이라 할 만하다. 책은 2008년부터 2013년까지 다양한 사회 계층 여성들을 만나 이들이 엄마가 된 경로를 추적한다. 그리고 여성을 '엄마가 되는 길'로 몰고 있는 사회를 여성의 목소리로 폭로한다.《엄마됨을 후회함》의 저자 오나 도나스는 말한다. "고통당하지 않고자 기꺼이 논쟁에 휘말리는 여성과 엄마들은 언젠가, 어떻게든, 무언가를 바꾸게 될 것이다. 우리는 마땅히 그럴 만하다." •• 중요한 건 이 문장을 기억하는 일일지도 모른다.

우리 모두는 여성에 의해 태어났다. 하지만 여성은 엄마로 태어나지 않았다.**

* 엘런 L. 워커, 《아이 없는 완전한 삶》, 공보경 옮김, 푸른숲, 2016
** 오나 도나스, 《엄마됨을 후회함》, 송소민 옮김, 반니, 2016

한 사람이 다음 사람을
이 세계에 데리고 오는 일

생리 예정일 열흘이 넘도록 소식이 없었다. 가슴 뭉침이나 설사, 허리 통증 같은 징후조차 없이 시간만 선명하게 흘렀다. 생리 주기가 정확한 편이라 흔치 않은 일이었다. '너무 피곤해도 그럴 수 있지'라고 생각하면서 날짜를 짚어 본다. 100%인 피임법은 없다는 데 생각이 미쳤다. 콘돔의 피임 성공률은 82~98%이다.(〈우리가 만드는 피임사전〉, 건강과 대안) 천식약과 피로회복제 등 정기적으로 먹던 약을 일단 멈췄다. 임신테스트기를 사러 약국 갈 시간조차 없다는 게 약간 짜증 났다.

계절이 변하고 해가 길어졌지만 집에 돌아오는 시간이면 언제나 깜깜했다. "오늘 노을이 예쁘다"라는 짝꿍의 문자에 "아, 그렇군요……. 근데 노을이 뭐지?"라고 답하는 날들이 이어졌다.

그날도 피곤에 절어 겨우 집에 도착했다. 가방을 푸는 동안 책상 위에 얌전히 놓인 임신테스트기가 눈에 들어왔다. 약국 가는 걸 자꾸 까먹는다고, 갈 시간도 없다며 지나가는 말로 툴툴대던 걸 그가 기억한 결과였다. 나에게 일어날 수도 있는 일이 '우리'의 문제라는 걸 확인하는 경험은 언제나 든든하고 유쾌하다. 그러니까 저이와 함께라면 임신·출산·육아가 아주 나쁜 일만은 아닐 거라고 착각하게 되는 순간이 있고, 실제 상황과 별개로 그 순간은 무척 소중해진다. 그래서였다. 간만에 깔깔대며 웃었다. 임신테스트기를 사는 동안 그가 어떤 기분이었을지 궁금했다. 그는 내가 생각했던 정답을 말했다. "복잡한…… 마음……?"

테스트기를 한두 번 사용해 본 것도 아닌데 굳이 설

명서를 다시 읽었다. 아침 첫 소변으로 테스트하는 게 가장 정확하다는 내용을 곱씹으며 잠자리에 들었다. 이른 아침 부은 눈으로 화장실을 가서 바지를 내렸을 때, 늦게 도착한 피가 비쳤다. 생리가 이렇게 반갑고 기쁠 수 있다니. 호들갑을 떨며 짝꿍을 깨웠다.

그날 아침 테스트기에 두 줄이 떴다면 우리는 어떤 아침을 맞았을까. 그리고 어떤 선택지를 놓고 고민했을까. 알 수 없다. 다만 한 가지는 확실했다. 4월 11일을 통과하는 동안 나는 그 모든 과정이 이전보다 덜 두려웠다. 아직은 불완전한 선택지 하나가 더 생겼을 뿐인데도. 2019년 4월 11일 헌법재판소는 낙태죄 위헌 소송에서 헌법 불합치를 결정하며 2020년 12월 31일까지 국회에 개선 입법을 요구했고, 별도의 입법이 없을 경우 낙태죄는 2021년 1월 1일자로 효력을 상실한다. 내가 원하는 게 무엇이든 나는 '안전한' 방법으로 의료인의 조력을 받을 수 있게 될 것이었다.

임신 중지와 임신 유지 사이에는 '선택'과 '생명'이라
는 단어가 다 대표할 수 없는 무수히 많은 고민과 결단
이 존재한다. 오랫동안 이 문제를 '죄'로 다뤄 온 문화
에서 성장해 온 사람에게는 특히 그렇다. 임신 사실보
다 유산 사실을 먼저 알았던 날이 떠올랐다. 의사는 전
체 임신에서 자연 유산 비율이 20% 정도 된다며 나에
게만 일어난 불행이 아니라고 위로했다. 정작 내가 그
'불행'을 무척이나 안도했다는 걸 의사는 끝내 알지 못
했다.

그 일을 겪으며 나는 예상치 못했던 죄책감에 시달
렸다. 죄책감이라니 가당치 않아서, 오래 괴로웠다.
고작 '세포'를 보내고 눈치 없이 긴 애도를 건너는 동안
기존 사회의 통념에서 내가 얼마나 자유롭지 못한 사
람인지 실감했다. 생명은 설명이 필요 없는 너무나 강
력한 프레임이다. 이 문제를 고민하는 사람은 어쩔 수
없이 얼마간의 망설임 앞에 반드시 서게 된다. 우리는
그렇게 모두 각자가 구성한 '그럼에도 불구하고'라는

전제를 끌어안고 산다.

2018년 7월 서울에서 네덜란드의 산부인과 의사이자 전 세계 여성에게 우편으로 유산 유도약을 보내 주는 웹사이트 '위민온웹(WoW, Women on Web)'을 만든 레베카 곰퍼츠Rebecca Gomperts를 만났다. 나는 어리석은 질문임을 전제하고 그에게 물었다. 두 아이의 엄마인 당신은 왜 임신 중지 이슈에 인생을 걸었느냐고. 그는 이렇게 답했다.

"임신 중지 운동을 하는 사람은 절대 엄마일 리가 없다거나, 아이를 싫어한다거나 혹은 그렇게 보여야 한다거나 하는 편견이 있는 것 같다. 나는 '임신 중지'라는 단어 안에 포함된 수많은 함의를 경험했다. 여성이 임신할 수 있고, 엄마가 되기를 선택하면서도 임신 중지를 지지할 수 있고, 이 모두를 스스로 선택할 수 있어야 한다는 건 어려운 이야기가 아니다."

이 어렵지 않은 이야기를 법적으로 인정받는 데 66년

이 걸렸다. 내가 지난 몇 년간 '낙태죄' 이슈를 취재하며 들었던 가장 아름다운 말은 《배틀그라운드》의 저자 중 한 사람인 이유림 씨로부터 왔다. 낙태가 더 이상 '죄'가 아닌 세상에서 우리는 자연스럽게 '재생산권'을 논의해야 하는 시점에 도착했다. 재생산권을 유림 씨는 이렇게 정의했다. "인간이 다음 인간을 이 세계에 데리고 오는 일이잖아요." 나는 그 말을 받아 적다가 잠시 멈췄다. 대화가 이어지는 동안 그 문장에 굵게 밑줄을 긋고, 동그라미를 여러 차례 그렸다.

임신과 출산은 여성의 몸에서 시작하지만 여성의 몸에서 끝나지 않는다. "재생산은 어느 사회에서든 단지 구성원을 수적으로 충원한다는 의미에 그치지 않으며, 한 사회의 문화와 제도, 가치 등을 생산하는 과정이다."• 결국, 재생산권이야말로 '낙태죄'를 둘러싼 문제의 본질이다. 평등하게 성적 관계를 맺을 권리, 출산 여부를 결정할 권리, 자녀를 건강하게 양육할 권리 등을 포괄하고 있는 재생산권을 보장할 때만이 생명권 역시 온전히 보장될 수 있다. 지금까지 한국 사회가 낙태를 태아의 생명과 여성의 자기결정권 충돌로 이해했다면, 이제는 그동안 국가가 통제해 왔던 재생산권을 되돌려 받는다는 의미로 논쟁을 가져와야 한다.

 문제는 '앞으로'다. "낙태가 '합법'이 되는 것과 임신 중단이 여성 본인이 선택할 수 있는 당연한 권리로 받아들여지는 것 사이의 거리를 메우기 위해서는 또 다른 투쟁이 필요하다."•• 사회경제적 사유로도 임신 중지를 가능하게 한다거나, 주수를 제한하는 방법은 일견 합리적으로 보인다. 하지만 계속해서 여성을 처벌하고 차별하겠다는 말과 다르지 않다. "낙태죄 폐지 운동은 여성의 권리를 제한하는 법을 없애는 데서 끝나는 게 아니라 여성의 권리를 보장하는 법을 새로 만들고, 기존의 법을 여성의 관점에서 해석하는 과정을 동반해야 한다."••

오늘날 우리가 거머쥔 승리의 경험이 우리를 어디로 데려갈까. 앞으로의 싸움은 고되겠지만 이 '출발선'을 여성들이 스스로 만들어 냈다는 걸 지금은 마음껏 축하하고 싶다. 대체 입법은 2022년 10월 현재도 이뤄지지 않은 채 논쟁의 영역에 남아 있다. 입법 공백은 인터넷 검색과 자본이 메운 채로.

* 백영경 외, 《배틀그라운드》, 후마니타스, 2018
** 우유니게 외, 《유럽 낙태 여행》, 봄알람, 2018

아픈 게 자랑입니다

왼쪽 팔에 간단한 신상 명세가 출력된 종이가 채워졌다. 장일호, F/36세, A(RH+). 닳지도 젖지도 않는 유포지 위에 새겨진 글자를 나는 자주 멍하게 바라봤다. 흔하고 쉬운 암이라고 했다. 대수롭지 않게 생각하려 애썼다. 쉽지는 않았다. 모든 게 처음 하는 경험이고 하나같이 어려웠다. 하루에도 환자 수십 명을 봐야 하는 의료진들은 종종 그 사실을 잊었다. 각종 검사 전 이름을 확인하기 위해 무성의하게, 동의 없이 몸에 붙여지는 식별 스티커를 볼 때면 마음 어딘가 작게 부서지는 느낌이 들었다. '나'는 사라지고 '환자'만 남았다. 수술이 끝났지만 병은 끝나지 않았다. 여덟 차례에 걸친 항암과 방사선, 수년에 걸친 약물 치료가 기다리고 있었다. 생이 그다지 살 만한 것이 아님을 지난 1년 사이 나는 매일 새롭게 배웠다.

건강검진에서 암 의심 소견이 나온 직후, 모든 치료 과정은 당연하고 신속하게 결정됐다. 마치 무언가를 선택할 수 있을 것처럼 설명하고 동의를 구하는 절차를 거쳤지만, 다른 방법은 사실상 없었다. "질문 있느냐"라는 의사의 질문에 말문이 막혔다. 울거나 소리 지르고 싶지 않았다는 것만큼은 확실했다. 내 힘으로 어쩔 수 없는 일이라는 걸 알면서도 마음이 자꾸만 고꾸라졌다.

암은 주요 사망 원인 1위이지만, 현대 의학은 암이 곧 죽음이던 시대를 건너 관리 가능한 만성질환의 영역으로 우리를 데려다 놓았다. 암 진단 후 5년 이상 생존하는 환자가 약 100만 명, 치료 중인 환자를 포함하면 약 170만 명이다. 나도 그 안에 포함될 수 있을까? 숫자나 확률의 일부로 존재하기 위해 운이나 운명 따위에 기대야 했다. 자주 최악을 가정했다. '그럴 수 있지'라고 담담하게 받아들이고 싶었다. 병원 대기실에 앉아 있는 수많은 사람들의 뒤통수를 볼 때마다 나는 문장 하나를 염불처럼 외웠다. "어떤 불행은 나를 비켜 가리라는 기대보다는 내게도 예외 없으리라는 엄연한 사실 앞에서 위로받는다."• 이 예외 없는 시간을 불행으로만 흘려보내지 않겠다고 다짐했다.

수술이 가장 쉬웠다고 기억하게 될 줄은 몰랐다. 항암을 시작한 이후 속눈썹이 없는 눈은 자주 염증을 앓았다. 염증으로 찌걱거리는 눈 때문에 무엇 하나 집중하기 어려웠다. 피부는 거무죽죽하거나 허물 벗었다. 병원에서는 소독약 냄새 때문에 물마저 제대로 마시지 못했고 입맛은 좀체 돌아오지 않았다. 3주 사이에 7kg

이 빠지는 일도 예사였다. 부종과 가려움으로 손발을 알아보기 어려웠다. 손끝은 물 닿으면 칼에 베인 것처럼 아팠고, 발끝은 아무리 수면양말을 신어도 얼얼했다. 왜 손발톱 뽑기가 고문의 일종이었는지 깨달았다. 거의 다 빠지고도 일부 살점에 붙어 덜렁거리는 손발톱은 고작 옷 단추를 꿰거나 신발을 신는 단순한 일로도 고통을 줬다. 마약성 진통제도, 수면제도 듣지 않는 밤에는 그저 줄줄 우는 수밖에 없었다. 의사에게 들고 간 고통은 처방전으로 돌아왔다. 항암 부작용은 또 다른 약으로 덮었다. 카드 돌려막기 하듯 약 돌려막기를 했다. 정말 이 방법밖에 없다고 하더라도, 이렇게 하면 안 될 것 같았다.

통증이 익숙해지면서 다루는 법도 알게 됐다. 어느 정도 아프고 나면 괜찮아질지를 아는 것만으로도 견뎌졌다. 하지만 씻고, 먹고, 싸는 기초적인 일상이 누군가의 돌봄 안에 있어야 한다는 건 곤혹스러운 일이었다. 아픈 몸은 내 자존감을 끊임없이 시험했다. 고통보다는 무력감이 컸다. 수술, 항암, 방사선으로 이어지는 이른바 '표준 치료'를 다 끝내고 약물 치료를 하고 있는 요즘도 여전히 컨디션은 제멋대로 날뛴다. 특히 체온 조절이 잘 되지 않아서 땀을 비 오듯 흘리거나 갑자기 오한에 시달린다. 치료 부작용 중 하나인 조기 완경의 대표적 증상이다. 하지만 그 와중에도 빠진 손발톱과 머리카락이 기어이 나기 시작했을 때, 나는 몸이 보이는 '생의 의지'에 조금 감탄했다.

  암 환자들은 대개 소위 빅5 대형 병원으로 몰린다. 보통은 병을 들고 두세 군데 병원을 다니며 비교한 후 치료를 시작한다고 들었다. 불안하기 때문일 것이다. 내게 의사 지인이 있다는 사실은 다행스럽기보다 곤혹스러웠다. 그들은 내 직업을 통해 알게 된 이들이었고, 그렇게 갖게 된 사회적 자본이 '특권'임을 너무나 잘 알았다. 나는 묻지도, 알아보지도 않고 처음 진단받은 병원에서 모든 치료 과정을 마쳤거나 진행 중이다.

타박을 들었다. 각종 검사 결과를 서류로 만들어 여러 병원을 전전할 만큼의 에너지도 없었지만, 비교하고 알아보는 과정이 결국은 의료 자원을 낭비하고 정보를 독점하는 일처럼 여겨졌기 때문에 내 결정에 만족했다. 홀로 고요한 가운데 주변이 부산스러웠다. 한 선배는 내 주치의 이름을 알아내 취재한 결과를 들려주기도 했다. "너 알아본 것도 아닌데 잘 얻어걸렸다. 경험 많은 괜찮은 의사래. 안심하고 수술받아도 되겠어." '생'의 자리에 나를 오래 붙들어 두고 싶은 선배의 불안과 초조가 느껴져 고마운 한편 마음이 부대꼈다.

수술과 입원을 마친 후 돌아온 집에서 나는 보험회사 제출용으로 뗀 조직검사 결과지를 해석하기 위해 애썼다. 사전을 이용해 단어 자체는 번역할 수 있었지만 의미를 해석할 수는 없었다. "수술이 잘됐다"라든지 앞으로 어떤 치료를 받게 될 것이라는 결과론적 이야기가 아닌, 더 자세한 상태를 알고 싶었다. 결과지를 붙잡고 밤을 꼬박 새운 다음 날, 결국 의사 친구에게 연락했다. 그는 한 줄 한 줄 짚어 가며 내 몸 상태를 친절하게 설명해 줬다. 듣는 내내 어쩐지 부끄러웠다. 한편으로는 왜 이게 '치료 과정'의 일환일 수 없는지 생각했다. 환우회 카페에는 조직검사 결과지를 해석해 달라며 찍어 올리는 이들이 많아도 너무 많았다. 개인 의료 정보가 노출되는 걸 감수하고서라도 알고자 하는 마음들이었다.

좋은 질문은 '앎'에서 나온다. 의료 지식이 없는 보통 사람의 질문은 구체적이기 어렵다. 매뉴얼처럼 "질문 있나요?"를 외는 의사의 말에서 환자는 '묻지 말라'는 뉘앙스를 읽는다. "저 괜찮나요?"가 최선의 질문이 된다. '아는 의사'를 찾거나 인터넷에 개인 의료 정보를 올리지 않고도, 치료의 일환으로 쉽고 자세한 설명을 들을 수는 없는 걸까. 없었다. 한국의 대형 병원에는 그 무엇보다 시간이, 없다. 의료진은 친절했지만 너무 바빴거나 바빠 보였고, 나는 그 앞에서 어쩐지 자주 주눅 들었다. 드디어 질문이 생겼지만 입이 떨어지지 않았다. 질문을 업으로 삼고 있는 사람임에도 그랬다.

몇 년 전 호스피스 병원을 취재하며 만난 의사가 들려준 이야기가 떠올랐다. 그는 전공의 시절 읽었던 미국 논문 한 편을 인상 깊게 기억하고 있었다. 논문은 전공의 4년 차와 말기 암 환자를 연결해 환자가 죽을 때까지 환자 집을 방문하며 돌보는 프로그램을 시범 운영한 결과를 소개하는 내용이었다. 프로그램 시행 전후 차이가 컸다고 했다. 전인적 돌봄에 대한 의사의 의지와 지식이 늘어난 것으로 나타났다. 논문을 읽은 그 역시 엉덩이가 들썩였다. 방문 간호사를 따라 나섰다. "어느 날 환자 집에 갔는데 소변이 너무 마렵더라고요. 그런데 차마 화장실이 어디냐고 못 물어봤어요. 그때 깨달았죠. '아, 환자가 병원 진료실에 들어오면 이런 느낌이겠구나.' 의료진이 집으로 방문하면 환자가 주인이고 나는 방문객이잖아요. 그럴 때 의료진

235

이 갖고 있는 권위를 내려놓게 되는 것 같아요."

《아픔이 마중하는 세계에서》를 쓴 양창모는 의사이기 이전에 '손님'이고자 하는 사람이다. 그는 환자를 살리는 일cure만큼이나 돌보는 일care에 절박함을 느낀다. 진료실에만 머물렀다면 얻을 수 없는 마음이었다. 환자를 '증상'이 아닌 '사람'으로 대할 수 있었던 건 수없이 환자 집 문턱을 넘나들었기 때문에 가능했다. "자신이 누구이며 어떤 곳에서 살고 무엇을 하는지와 같은 삶의 맥락은 진료실에 들어온 순간 모두 사라진다. 모든 것이 마술처럼 사라지고 오직 한 가지, 증상만 남는다. 이것이 의사가 경험하는 첫 번째 마술이다. 하지만 왕진을 가면 얘기가 달라진다. 일단 거기에는 '한 사람'이 자신의 방에 앉아 있다. 그 모습이 의사에게 주는 정서적인 변화는 일반인이 생각하는 것보다 훨씬 크다. 그는 자기 삶의 맥락 속에 앉아 있으므로 나는 그를 '한 사람'으로 인식하지 않을 수가 없다."••

.

양창모는 왕진을 통해 환자의 자리에 자신을 놓아 보는 경험을 한다. 환자가 다 말하지 못한 사정과 상황을 헤아리는 법을 배운다. 진료실을 지키며 "주지 않아도 될 약을 처방하거나 해 줘야 할 얘기를 빼먹은 분들"의 얼굴을 떠올리다가 "마음속으로 처방전을 끊임없이 수정"하던 그는 결국 병원이라는 '하드웨어' 바깥으로 삐져나온다. "'없어서' 없는 존재가 되어 버린" 구체적인 얼굴들을 외면하지 못했다. 냉기가 사라지지 않은 봄 산에 올라가 나물을 캐 온 할아버지의 손에서 돈이 대신하지 못하는 것이 있음을 배웠다. 시계가 세 개나 있지만 어느 것 하나 시간 맞는 시계가 없었던 집에서는 언어가 되지 못한 사정을 읽었다. 할 수 없어서가 아니라 할 수 있다는 생각 자체를 불가능하게 하는 일상이 있다는 걸 헤아렸다. 그 과정에서 '증상의 뿌리'가 사회임을 마주한다. 그는 '내가 아프다'는 것이 곧 '우리가 아프다'는 일임을 알게 된다. 전문가에게 부족한 것이 "자기 지식의 대상이 되는 사람의 입장에서 자신의 지식을 바라보는 태도"임을 깨닫는다.

"답이 없다 말하는 순간 답은 사라진다. 나는 무관
하다 말하는 순간 답은 없어진다."•• 그래서 양창모
는 '하나의 답'이 되기로 했다. 제도는 언제나 사후적
이고, 새로운 제도를 만들어 내는 변화는 거저 오지 않
는다. 필요하다고 생각하는 사람이 애써 일궈 가야 한
다. "질문들의 대부분은 정답이 없다. 정답을 찾아가
는 최선의 과정이 있을 뿐"이라 양창모는 구멍 난 의료
시스템을 메우고, 넓히고, 나아간다. 시스템을 탓하는
대신 할 수 있는 일을 먼저 찾고 안 되는 이유는 고치
고 개선하면서, 부족하지만 할 수 있는 꼭 그만큼을 해
낸다. 그의 말마따나 "새로운 세상이란 장소가 아니라
행동"이다. 《아픔이 마중하는 세계에서》는 그 행동 위
에서 써 내려간 기록인 동시에 초대장이다. 국가보다
중요한 '단 하나의 이웃'이 서로에게 되어 주자고, 그
렇게 "연대의 그물망"을 함께 짜 볼 수도 있지 않겠느

냐는 제안이 행간마다 빼곡하다.

　　우리는 모두 가까이 있는 사람을 닮아 간다. 우리
　　의 얼굴은 세상의 얼굴이다.**

　그는 모든 의사가 '양창모의 길'을 따라야 한다고 강
권하지 않는다. 다만 다르게 사는 모습으로 필요를 증
명한다. 그리하여 독자는 가능하다면 양창모의 삶의
기록이 '양창모들'을 만들 수 있길 바라게 된다.
　평화로워 보이는 삶의 풍경에서 아픔을 발견하고
건져 내는 의사들을 더 많이 만나고 싶다. 나는 그런
의사에게 가서 내 아픔을 쓸데없이 '자랑'하고 싶다.
아픈 몸이 쓴 일기장을 들고 가 검사받고 싶다. 그런
이에게 가면 질병이 그리 놀랄 만한 것도, 특이한 일
도 아닐 수 있을 것만 같다. 수술 잘하는 의사만큼이
나 만성질환을 가진 환자나, 죽어 가는 환자를 잘 돌
보는 의사도 중요하다.

노인이 되는 건 그의 말마따나 "운이 좋아야" 하는 일이라. 요즘 나의 장래희망은 '할머니 되기'다. 나는 어쩔 도리 없이 현대 의학을 신뢰한다. 하지만 현대 의학이 지금과는 다른 모습이기를 또한 바란다. "병은 삶을 바꾸는 질문"이 되어야 하는가, 혹은 될 수 있는가. 나는 절반만 동의한다. 병은 내 삶을 흔들어 대고 일정 부분 바꿨지만, '나라는 사람' 그 자체를 바꿀 수는 없었다. 나는 병의 원인을 내가 살아온 삶을 반성하는 일로 갈음하고 싶지 않다. 무엇보다 내가 살아온 삶을 바꾸고 싶지 않다. 그보다는 아픈 몸을 대하는 세상을 바꾸고 싶다. 《아픔이 마중하는 세계에서》가 바로 그런 다정한 세계라고 믿는다.

✼ 김금희, 《사랑 밖의 모든 말들》, 문학동네, 2020
✼✼ 양창모, 《아픔이 마중하는 세계에서》, 한겨레출판, 2021

제 장례식에 초대합니다

목적 없이 쏘다니다 돌아와 펼친 책에서 낯선 단어를
만났다. '프릴루프츨리브friluftsliv'. 노르웨이어로 '신선
한 공기를 마시는 야외 생활'이라는 뜻이다. 신선하다,
공기, 마시다, 야외, 생활을 한 단어로 표현할 수 있다
니. 글자를 따라 발음하며 작게 감탄했다. "야외에서
시간을 보내는 것이 육체와 정신 건강에 필수적이라는
철학"• 이 담긴 단어라고 했다. '시간과 자연을 걷는
일에 대하여'라는 부제가 붙은 《두 발의 고독》은 안식
월이 아니었다면 읽지 않았을 책 중 한 권이었다.

안식월로 주어진 한 달은 목적 없이 지냈다. "이것 또한 일이라고 스스로에게 이야기"• 하면서. 초당옥수 수가 나오기 시작하는 계절이었다. 머무는 동네의 청 년회장이 '파치'라며 천가방이 불룩하도록 초당옥수수 를 담아 줬다. 껍질은 미리 까지 말고 냉장고에 넣어 두었다가 먹을 때 까라고 했다. 익힐 필요 없이 먹어도 되는 점이 특히 마음에 들었다. 그해 여름에는 냉장고 에서 옥수수 한 자루를 꺼내 껍질을 벗긴 후 논알콜 맥 주캔을 따고 책을 펼치는 일로 하루의 끝을 기념하곤 했다. 살아 있는 일이 제법 좋은 일이라는 생각이 들 때면 스스로가 낯설었다.

10년을 일하면 한 달을 유급으로 쉴 수 있다. 하지만 나는 그동안 연차도 다 소진해 본 적 없었다. 안식월 요건을 채우고도 쓸 수 있다는 생각조차 안 했다. 누가 시켜서가 아니라 일이 좋아서 그랬다. 좋았다기보다 불안했다는 걸 뒤늦게 깨달았다. 잘하고 싶어서 안달 했다는 것도. 그 모든 것은 '좋아한다' 안에 뒤죽박죽

담겨 있는 감정이기도 했다.

　건강검진 결과 유방암이 의심된다는 연락을 받았을 때 놀라지 않았다. 처음 들었던 감정은 안도였다. '쉴 수 있다'는 생각이 먼저 찾아왔다. 그다음에는 호기심이 생겼다. 《나는 내가 죽었다고 생각했습니다》[*]의 저자 질 볼트 테일러가 떠올랐다. 뇌과학자인 그는 뇌졸중 증상을 경험하고 일시적으로 황홀한 상태에 빠진다. '자신의 뇌 기능을 연구하고 그것이 무너져 내리는 과정을 들여다보는 기회를 가진 과학자들이 얼마나 될까?'라고 생각하면서. 나는 그 마음을 거의 완벽하게 이해할 수 있었다. 암의 존재를 알았을 때 나는 암 덕분에 내가 앞으로 쓰게 될 글이 넓고 깊어질 가능성을 떠올렸다. '의료화'된 사회의 최전선에서 질병 경험이 한 개인을 어떻게 바꾸는지, 또 암 경험자가 어떤 낙인과 차별을 경험할지 등을 글이 아니라 몸으로 배울 수 있는 기회라고. 그러자 앞으로 벌어질 일들이 조금은 기대되기도 했다.

투병을 결정하고 알게 된 가장 괴로운 일 중 하나는
내가 아프기 때문에 내가 사랑하는 사람들이 걱정하는
모습을 보는 일이었다. 나는 가능하면 병과 관련된 많
은 일을 혼자 감당하려고 했다. 코로나19는 좋은 핑계
였다. 그럼에도 틈을 비집고 들어오는 사람이 놀랍도
록 많았다. 병원 대기실에서 예상치 못한 얼굴을 만나
는가 하면, 한동안은 거의 매일 택배와 봉투를 받았다.
아픈 몸으로 사는 일은 어쩌면 긴 장례를 치르는 일 아
닐까. 은유 선생님 덕분에 나는 내게 벌어지는 일들을
간신히 이해할 수 있었다. "아픔은 너무도 혼자의 일
인데 투병은 다행히 모두의 일"이라는 것을.

　　《아침의 피아노》에서 배운 표현이 있어. 병을 앓
　　는 일이 죄를 짓는 일처럼, 사람들 앞에 서면 어느
　　사이 마음이 을의 자세를 취하게 되는데 "환자의
　　당당함을 지켜야 한다"고. 너무 멋진 말이지. 환자

의 당당함. 나부터 환자 친구의 당당함을 가져야
그대도 당당한 환자가 되겠지. 존재는 연결돼 있
으니까. 김진영 선생님 식으로 말하자면, "나의 삶
은 나만의 것이 아니라 타자들의 것이기도 하다.
나의 몸은 타자들의 그것과 분리될 수도, 격리될
수도 없는 것이다. 나의 몸은 관계들 속에서 비로
소 내 것이기도 하다." 아픔은 너무도 혼자의 일인
데 투병은 다행히 모두의 일이다, 나는 이렇게 이
해했어.

– 은유의 책 편지, 〈경향신문〉, 2020년 7월 10일자

　안식월을 다짐한 건 수술 이후 지난하게 이어지던
항암과 방사선 치료가 끝난 몇 달 뒤였다. 제주에 와서
제일 처음 한 일은 꽃집 찾기였다. 다이소에서 2000원
짜리 작은 병을 사서 꽃집에 들고 갔다. 병에 맞춰서
꽃을 꽂아 달라고 부탁했다. 아침에 눈뜨면 상한 가지
를 솎아 내고 물을 갈아 주었다. '찰나'와 '무용함'을 생

각하기 좋은 시간이었다. 제주에서 지낼 집은 카페공드리 사장 부부가 미리 알아봐 줬다. 머무는 동안 드는 각종 비용은 회사 선배들이 앞다퉈 댔다. 그러고 보면 내가 회사에서 배운 가장 큰 것은 기사나 취재가 아니었다. 선배들은 선배가 베푼 것은 선배에게 갚으려 하지 말고 후배에게 갚으라고 당부하곤 했다. 나는 선배들을 통해 마음은 정확하게 셈해 갚는 게 아니라 흐르는 것임을 배웠다. 고마워하되 미안해하지 않고, 받은 마음을 아직 서툰 타인을 위해 내어 주는 법도 함께 익혔다.

　해변가 모래언덕에 지천으로 자라고 있던 풀의 이름이 순비기나무(숨비나무)라는 걸 알려 준 사람은 제주에 살고 있는 허은실 시인이었다. 물질을 마친 해녀들이 두통을 달래는 데 순비기나무를 쓴다며 잎을 떼 내게 건넸다. 민트향이 화하게 코끝에 번지는 게 좋아 연신 킁킁댔다. 내가 지내던 숙소와 그이의 집이 멀지 않았다. 이제는 사라진 국숫집에 동네 사람들이 모여서 작은 잔치를 벌였던 어느 밤에는 치자꽃을 꺾어다 주었다. 그 꽃을 쥐고 돌아오는 밤길은 하나도 무섭지 않았다.

제주는 지천에 무덤이 있다. 밭 한가운데, 길가에, 집 옆에. 삶의 자리마다 죽음을 끌어안고 있었다. '죽고 싶다'는 생각을 늘상 주머니에 넣고 다니는 나는 그 모습이 몹시 보기 좋았다. 적어도 제주에서 죽음은 추상이 아니었다. 버젓이 물리적 형태를 갖고 일상에 있었다. 죽음을 삶에서 격리시키지 않았다. 허은실 시인이 쓴 《내일 쓰는 일기》∵에는 제주 사람들이 무덤을 묘라 부르지 않고 '산'이라 표현한다는 설명이 나온다.

묘 주변에 사각형이나 원형 돌담을 쌓아 울타리를 만드는데, '산담'이라 부른다. 방목한 소나 말이 무덤을 훼손하거나, 봄철 목초지를 태우는 '방애불'이 무덤으로 번지는 것을 막기 위해서라고 한다.

그런데 그보다 더 내 마음을 끄는 산담의 역할은 따로 있다. 살아 있을 때와 마찬가지로 묘를 집처럼 여겨 울타리를 만들었다는 이야기. 그래서 밤에 길을 잃었을 때 산담 안에 들어가 잠을 자면 묘주인이 자기 집에 찾아온 손님으로 여겨 보살펴 주기 때문에 안전하다는 이야기.••

내가 편집자로 처음 기획하고 만든 책인《죽는 게 참 어렵습니다》(시사인북, 2021)는 제주에서 보낸 그런 시간 덕분에 묶을 수 있었다. 《죽는 게 참 어렵습니다》를 통해 나는 '존엄한 죽음' '좋은 죽음'이라는 단어가 감추고 있는 현실을 보여 주고 싶었다. 죽음이 단순히 개인의 문제가 아니라 사회적 사건임을, 우리 모두가 연루된 일임을 드러내 질문하고 싶었다. 한 사람이 사회에서 병들고 아프며 죽어 가는 과정은 단순하지 않다. 많은 사람이 관여한다. 삶을 이야기하다 보면 질병이, 질병을 이야기하다 보면 돌봄이, 죽음과 섞여 들었다.

우리는 왜 아프면 '깨끗하게 죽어 버리는' 미래를 상상할까. 그것이 불가능하다는 걸 애써 모른 척하면서. 존엄사를 허용하는 국가들은 사회복지가 잘되어 있다는 공통점이 있다. 존엄사가 존엄을 보장하는 것이 아니라, 한 사회가 기본적으로 갖추고 있는 복지가 존엄을 가능하게 하는 것이다. 사랑하는 사람의 죽음을, 나의 죽음을 운에만 맡길 수 없다고 생각하는 사람들은 지금 이 순간에도 '죽음의 미래'를 만들어 가고 있다. 죽음을 둘러싼 각자의 내밀한 경험이 더 많은 보편의 이야기로 나눠질 때 삶도 조금은 덜 잔인해진다.

'운이 좋다면' 살아 있을 때 장례식을 열고 싶다. 내 장례의 상주가 되고 싶다. 당신들 덕분에 살아서 좋았다고 눈을 마주치며 인사하고 싶다. 장례식에 오는 사람들은 나와 함께 찍은 사진이 있어야만 입장할 수 있게 할 예정이다. 조문객들이 가져오는 사진은 모두 내 영정사진으로, 장례 기간 동안 벽에 전시해 두면 근사

할 것 같다. 돌아가는 길에 가져갈 제철 꽃을 준비하는
것도 장례 계획의 일부다. 시간과 자연을 목적 없이 걸
어 다닌 그해 여름, 나는 꽃이 주는 무용한 기쁨과 찰
나의 순간이 삶과 다르지 않음을 알게 됐다. 가능하면
그 순간과 순간들을 정성껏 보내고 싶다.

˙˙ 토르비에른 에켈룬,《두 발의 고독》, 김병순 옮김, 싱긋, 2021
˙˙ 질 볼트 테일러,《나는 내가 죽었다고 생각했습니다》, 장호연 옮김, 월북,
2019
˙˙ 허은실,《내일 쓰는 일기》, 미디어창비, 2019

상처받는 마음을 돌보는
슬픔의 상상력에 기대어
나의 마음에 타인의 자리를 만들곤 했다.

살아가는 일이 살아남는 일이 되는 세상에서
기꺼이 슬픔과 나란히 앉는다.

책의 말이 허물어지는 자리에서

김애란

40대는 책을 버리는 시기라 생각한 적이 있다. 꼭 그때가 아니더라도 우리는 살면서 한번쯤 그런 순간을 맞는다. 지금껏 자신이 믿은 것과 기댄 것, 지킨 것의 목록 앞에서 건조하고 회의적인 얼굴로 책을 솎아 내는 순간을. 40대는 그간 자신이 읽은 책에 자기 삶을 포갠 뒤 한번 더 진지하게 '어떻게 살 것인가?' 묻는 시기다. 그리고 이즈음 많은 이들이 어떤 선택을 한다.

   개인적인 고백을 덧붙이자면 40대는 '옳은 말'을 의심하고 싫증 내는 때이기도 하다. 그 말이 틀려서가 아

니라 '너무 자주 들은' '다 아는 말'이라 여기기 쉬워서
다. 그러나 그 '다 아는 말' 속에는 얼마나 많은 이들의
삶이 들어 있는지. 그리고 그 삶 하나하나는 얼마나 구
체적이고 육체적인지. 우리가 지레 빤한 말이라 치부
한 그 말이 누군가에는 목숨 줄이고, 실존의 테두리임
을 다시 깨닫는다. 그 선이 비단 타인뿐 아니라 나도
지켜 주는 선이었음을 깊이 수긍하면서.

　그러니 많은 이들이 이미 알거나, 안다고 착각하는
이야기를 한번 더 보게 하고, 읽게 하는 건 얼마나 어
려운 일일까. 그 지난함을 알면서도 무언가 계속 발화
하는 이들을 본다. 장일호도 그런 이 중 하나다. 그는
나와 마찬가지로 온전하고 무결한 화자가 아니며, 이
따금 "술병 뒤에 숨는", "아픈 게 자랑인" 기자이고 여
성이다. 그래서 내게는 이 책이 '독서'로 한번 자기 자
리를 세웠던 이가, 인생의 예기치 않은 사건 앞에서,
책 속의 말들이 다 무너지는 걸 목도하고도 '다시 책
앞에 선 사람의 이야기'로 읽혔다. 책 버리기 쉬운 나

이에, 그래도 이상할 것 없는 시기에, 하나의 책을 전과 다른 방식으로 두 번 읽은 사람의 이야기로.

더불어 이 책은 사실 세상 그 누구에게도 '다 아는 말'이란 없으며, 그런 '앎'은 앎이 아니라고, 그러니 이웃뿐 아니라 나 자신을 위해서라도 새 말이 지나가는 길을 함께 터 주고 넓혀야 한다고 일러 준다. 가끔은 그 일을 '독서'라 불러도 좋다고 조용히 끄덕이면서. 그 발화가 고맙다. 한두 번이 아닌 누군가의 일생에 걸친 발화라 더 그렇다.

1. 이 책에서 인용한 200자 원고지 한 장 이상 분량의 글에 대해서는 저작권자에게 재수록 허가를 받았습니다. 답을 받지 못한 건에 대해서는 연락이 닿는 대로 허가를 받고 필요한 조치를 취하겠습니다.

2. 인용한 책들은 각 글 마지막에 표기했습니다.

슬픔의 방문

2022년 12월 4일 처음 찍음 | 2024년 5월 15일 여덟 번 찍음

지은이 장일호
펴낸곳 도서출판 낮은산 | 펴낸이 정광호 | 편집 강설애 | 디자인 소요 이경란 | 제작 정호영
출판 등록 2000년 7월 19일 제10-2015호
주소 04048 서울시 마포구 어울마당로5길 16 반석빌딩 3층
전화 02-335-7365(편집), 02-335-7362(영업) | 팩스 02-335-7380
홈페이지 www.littlemt.com | 이메일 littlemt2001ch@gmail.com | 트위터 @littlemt2001hr
제판·인쇄·제본 상지사P&B

ⓒ 장일호 2022

ISBN 979-11-5525-159-1 03810